古都千年の殺人

西村京太郎

祥伝社文庫

目次

第一章　美しき京人形

1

間口が狭くて奥行きが深い。そんな店は、京都には、たくさんあるのだが、この店があるのは、京都ではない。東京である。

しかし、その店で扱っているのは、京人形だった。

東京の千代田区麹町。この裏通りには、昔、よく、歌舞伎役者や、大物代議士の愛人などが住んでいた。今は、そうした粋な家もなくなり、マンションが、建ったりしているのだが、その隙間に、この京人形の店が、あった。

表の間口いっぱいに、ショーウインドーになっている。

バックを、真っ黒にして、低い台座に、たった一体の京人形が飾られている。それには、スポットライトが当てられて、京人形が舞台の上で、優雅に舞っているように見える。

そのショーウインドーの横が、狭い、遠慮がちな玄関で〈京屋一太郎〉の表札がかかっている。

京屋一太郎というのは、本名ではない。人形師としての名前、いわば、商売上の名前である。

京屋一太郎は、名人気質の男だといわれていて、一カ月に一体の京人形しか、作らない。

値段も、京屋一太郎が、自分でつける。もし、それが、高いという人には、京人形を、売らないといわれていた。

だが、京屋一太郎が、月に一体だけ作った人形は、必ず売れる。彼の作った京人形なら、どんなに高くてもいいから買いたいというマニアな人間が、いるのだ。

ただ、奇妙なことに、その人形を持っているという人も少ないのである。そのため、お化け人形という人もいる。

三月一日の夜、この日も、彼が作った京人形を買うために、ロールスロイスに乗って、ひとりの客が、京屋一太郎の店に、やってきた。

客は、まず、奥の和室に、通された。ここにくる客は誰でも、一様（いちよう）に、無口になる。

京屋一太郎は、客がくると、必ず、奥の座敷へと誘い、お茶と、京都から取り寄せた、京菓子で接待する。その間に、客の覚悟のほどを推（お）しはかるのだ。

客が緊張しながら、出されたお茶を飲み、京菓子を、食べていると、やがて、京屋一太郎が席を外し、桐（きり）の箱を持って戻ってくると、その箱を、静かに、客の前に、置いた。

ふたを開け、注文で、作られた京人形が、客の前に現れる。

美しい、言葉には、いい表わせないような芸術的な、京人形である。

高さおよそ三十センチの、杉（すぎ）の木で作られた京人形を、客は、そっと抱きしめる。

「少し重いですね」

と、いう。

「少しぐらい、重いほうが、いいんですよ。ほとんどの方が、床の間か、棚の上に飾られますから、軽いと倒れてしまいます。それでは、お役に立たないでしょう」

と、京屋一太郎が、いう。

「そうですね。そのとおりです」

と、客は、相槌(あいづち)を打った。

客は、無地の風呂敷に包んだ札束を、そっと、京屋一太郎の前に、置く。

京屋一太郎は、黙って、それを受け取り、数えもしない。

彼が作る京人形の値段は、決まっていない。客が自分のほしい人形を、注文した都度(つど)、京屋一太郎が決める。

取り引きがすむと、客は、桐の箱に入れられた人形を、抱くようにして、立ちあがった。

京屋一太郎は、客を見送ることはしない。客との間には、この店の約束があって、客は、この店を出た瞬間、京屋一太郎は、客が店を出ていった瞬間、お互いのことを、忘れるのが、暗黙(あんもく)の了解になっていた。

やがて、京屋一太郎の耳に、遠ざかっていくロールスロイスのエンジンの音がきこえ、そして、消えた。

京屋一太郎は、もう、客の名前を忘れていた。

2

今日は、三月三日、ひな祭りである。

銀座のクラブ〈夢一夜〉では、毎年三月三日は「銀座ひな祭り」と称し、ホステスたちが、それぞれ、三人官女や五人囃子に扮して、客を接待するイベントがおこなわれることになっていた。

ママは、女雛に扮し、男雛のほうは、その日の、客のなかから選ばれて、今日一日は、ママを、独占することができることになっていた。

そんな遊びが楽しくてか、毎年この日の夜、店は、常連客で溢れて、いつもなら午前零時には、閉店になるのだが、この日だけは、どうしても、午前二時すぎまで、営業しなくてはならなくなる。

今夜も、店が閉まり、客が帰り、ホステスたちを送った時には、すでに、午前二時を回っていた。

ママは、そのあとタクシーを呼び、六本木の高層マンションにある、自分の部屋に帰ることになる。

ママは、自宅に帰ると、シャワーを浴び、裸の上から白いバスローブを羽織った。

ソファに腰をおろして、ビールを飲んでいると、自然に、眠くなってくる。

(今日は忙しかったから疲れたわ。早く寝よう)

ママが自分に、いいきかせた時、突然、携帯電話が鳴った。

(誰だろう、こんな遅く——)

ママは、腹を立てながら、テーブルの上に置いた携帯に、手を伸ばした。

しかし、鳴っているのは、携帯ではなかった。

あとは、部屋に置いてある、電話機だが、呼び出し音が、違っている。

しかし、電話は、依然として鳴り続けている。

(うるさいな)

と、思いながら、ママは、部屋のなかを、見回した。

モダンな部屋の造りなのだが、そこは客商売で、なぜか、小さな床の間と神棚がある。床の間には、先日、ひな祭りのプレゼントといって贈ってくれた京人形が、飾られていた。

美しい顔、美しい黒髪、そして、美しい西陣織の着物。京ふうの、静かな舞を、舞っている京人形である。

この京人形から、電話の呼び出し音が、きこえてくるのだった。

（何で、こんなところから音がしているのかしら？）

ママは、少しばかり気味悪がりながら京人形に、顔を近づけていった。耳を、京人形に、当ててみる。

間違いなく、電話の呼び出し音は、京人形の、体のなかからきこえてくるのだ。その呼び出し音が、急に止まった。

（勘違いだったのかしら？）

と、ママが、思ったその瞬間だった。突然、大音響が、部屋いっぱいに響き渡り、爆発の閃光が、ママの体を貫いた。

ママの体は、吹き飛ばされ、部屋の壁にぶつかって、床に倒れて死んだ。

3

すでに、夜が明けている。

警視庁捜査一課の、十津川警部たちは、凄惨な部屋の様子に驚きながら、床に倒れているバスローブ姿の女に、目を落とした。

白いバスローブも、一部が焦げて、茶色くなっている。それ以上にひどいのは、亡くなった女の様子だった。

爆発を、直接受けてしまったのか、顔の右半分がそぎ取られてしまったようになくなっている。吹き出した血が、白いバスローブと床を赤く染めていた。

被害者の名前は、五十嵐亜紀、銀座のクラブ夢一夜のママである。

やがて、鑑識班がやってきた。

鑑識班は、部屋いっぱいに散乱した爆発物の破片を、根気よく、ひとつずつ、拾い始めた。

現場は、八畳の和室である。

きちんとした和室のはずなのに、爆発のすさまじさを示すように、襖は、吹き飛び、天井には大きな穴が開き、テーブルは、隣の部屋まで、吹き飛んでいた。

火薬の臭いが、まだ、部屋いっぱいに残っている。

鑑識班も、最初は、何が爆発したのか、わからなかった。まさか、爆弾が、爆発したとは思わなかったので、キッチンのガスが何かの拍子に充満して、それが、爆発したのではないかと思ったが、調べてみると、ガス器具には、何の異常もなかった。

そして、被害者の顔から、吹き飛んだ血が、部屋いっぱいに、飛び散っている。その血の臭いが、鼻につく。

「ひどいもんですね。これだけ凄惨な現場は、めったに、ありませんよ」

と、亀井刑事が、溜息をついた。

鑑識班は、その間も根気よく、爆発物の破片を拾い集めていく。

一時間以上かかって、集めたあと、今度は、その破片を、並べていく。

しばらくして、できあがったのは、人形だった。穴だらけの京人形である。

「使用されたのは、どうやら、プラスチック爆弾のようだね。おそらく、京人形のなかに仕こまれていたんだ」

鑑識班の班長が、十津川にいう。

「時限爆弾か？」

と、十津川が、きくと、

「はじめは、そうかなと思ったんだが、いくら捜しても、時限装置らしきものは、何ひとつ見つからないんだ。時限装置は、使われなかった可能性が高いね」

「じゃあ、時限爆弾じゃないのか？」

「しかし、ひょっとすると、これが、起爆装置かもしれない。ちょっと見てくれ」

そういいながら、班長が十津川に見せたのは、粉々になった、携帯電話の破片だった。

「携帯が、起爆装置だというのは、どういうことなんだ？　よくわからないが」

と、十津川が、いった。

遺体が、司法解剖のために運び出されたあとで、鑑識班の班長は、絨毯(じゅうたん)の上に、そっと、拾い集めた爆発物と、穴だらけの京人形を、置いていった。

立体的には、ならないが、絨毯の上に並べただけで、十津川にも、それが京人形と、携帯の一部だとわかる。

「この京人形のなかに、プラスチック爆弾が、仕こまれて、それと一緒に、携帯電話も、入っていた。あとで、詳(くわ)しく調べてみないと、正確なことは、わからないが、たぶん外から、この携帯に、かけると、それが、プラスチック爆弾の起爆装置になっていたんじゃないかと思うね。被害者は、京人形の体から、電話の呼び出し音が、きこえたので、何だろうと思って、京人形に顔を、近づけたんだと思う。その時、プラスチック爆弾が、爆発したんだな。だから、被害者の顔の右半分が、そぎ取られて、なくなってしまったんだ」

携帯は、爆発で、粉々になってしまったので、番号も、メーカーも、わからなくなってしまっていた。

十津川は、絨毯の上に並べられた京人形の破片と、携帯の破片を、見比べるようにしながら、

(この状況を見る限り、これは、他殺だ。自殺は、あり得ない)

と、思った。

こんな面倒な、細工をして自殺する人間は、まずいないだろう。

現に、猛烈な爆発で、顔半分がそぎ取られてしまって美しい死に方とは、とてもいえない。

女性、それも、銀座のクラブでママをやっている女性が、こんな無様な死に方を、選ぶはずはないだろう。

「これが殺人だとすると、犯人は、どうして、こんな面倒な殺し方をしたんでしょうか？　私には、そこが、わかりませんね」

と、亀井が、いった。

「たしかに、カメさんのいうとおりだ」

もし、これが殺人だとしたら、いったい、どんな犯人で、どんな手段を使ったのか？

まず、美しい京人形の体のなかに、プラスチック爆弾と携帯電話を入れ、携帯電話

に、着信があった時に、爆発するように、細工しておく。

その京人形を、ひな祭りのプレゼントだといって、五十嵐亜紀に贈る。

優雅な京人形だから、ママは喜んで、それを受け取り、和室の床の間に、飾っておいたのだろう。

銀座のクラブのママだし、昨夜は、三月三日、ひな祭りだった。いわば、稼ぎ時である。だから、店は、間違いなく開いている。それに、店が終わる時間も、わかる。

いつも、この日は、午前二時頃に看板になっているからだ。

銀座の店から、六本木の、この自宅マンションまで帰ってくる時間を推測することも、可能だ。

そこで、犯人は、仕かけておいた京人形の体のなかの携帯に、電話をかける。

電話が鳴る。

何だろうと思って、五十嵐亜紀が、京人形に、顔を近づけた瞬間に、京人形に仕かけられた、プラスチック爆弾が爆発する。

こうすれば、間違いなく、五十嵐亜紀を殺すことができると、犯人は、考えたに、違いない。

「これは、携帯電話を、時限装置に使ったというよりも、遠隔操作に、使ったといったほうが適当だね」

と、鑑識班の班長がいった。

「遠隔操作殺人か」

「電話は、どこからだってかけることができるからね。犯人が北海道にいたって、九州にいたって、いや、国外にいたって、人形のなかの携帯を鳴らすことができるんだ。犯人が唯一、確認しなくちゃいけないのは、問題の京人形のそばに、被害者がいるかどうかだ。それが心配なら、共犯者を作ればいいんだ。その共犯者の役目は、ただ、被害者が、今、自宅マンションに入ったと電話でしらせるだけで、犯行そのものを手伝う必要はないんだから、金さえ出せば、簡単に見つかるはずだよ。それさえ確認することができれば、間違いなく、どこにいたって、遠くから被害者を、殺すことができる。犯人は、そのために、奇妙な京人形を、作ったんだろう」

三月四日の夕刊に、この殺人事件のことが、大きく報道された。

新聞の見出しも、テレビのニュースのテロップも、ほとんど同じ「美しき京人形の殺人」である。

警察は、翌五日に記者会見を開いて、事件を説明して、犯行に、京人形が使われたこと、京人形の体のなかに、プラスチック爆弾が入っていたことは説明したが、携帯電話については、秘密にした。

いわゆる、犯人だけが知り得る秘密を作っておいたのである。

携帯は、爆発で、粉々になってしまって、番号もわからず、したがって、持ち主も、判明しなかった。

十津川が注目したのは、京人形そのものだった。鑑識班が、拾い集めた京人形の破片を、十津川は、京人形の専門家に頼んで根気よく、接着して、原型近くにまで復元してもらった。

十津川は、傷だらけの京人形に、もっとも似ていると思われる京人形を、専門家に選んでもらった。

十津川が、依頼した専門家は、わざわざ、京都まで足を運び、いちばん似ている京人形を見つけて、東京まで、持ってきてくれた。

芸妓(げいぎ)の舞う姿を、そのまま、人形にした、いかにも、京人形らしい、美しいというか、凛(りん)とした、感じの人形だった。

京ふうの舞だから動きが少なく、それだからなおさら、美しい舞の形に、なっている。

「こんな美しい人形を、殺人の道具に使うなんて、何という奴ですかね。一刻も早く捕まえないと、気がすみません」

亀井刑事は、ひとりで、やたらに、腹を立てていた。

「どうだい、カメさん、一緒に、京都にいかないか？」

と、十津川が誘った。

京都に人形を、探しにいってくれた専門家は、

「問題の京人形は、大量生産されたものではありませんね。丁寧に、一体ずつ手作りされた人形ですよ」

と、いった。

だとすれば、問題の京人形を作った人形師は、京都のどこかに、いるに違いない。その人形師を見つけることができれば、そこから、捜査の展開が、図れるかもしれないと、十津川は、考えたのである。

翌日の午後、京都に着くと、二人は、その足で、京人形の老舗の店にいった。その店では、大量生産のものではなく、一体ずつ手作りする高価な京人形だけを、販売しているという。

その店で、五十年以上も京人形を扱っているという店主に会い、十津川は、東京から持ってきた、復元した京人形を、見せた。

「この京人形ですが、手作りで、かなり丁寧に、作ったものと思われます。こんな格好になってしまったので、作者は、わかりにくいかもしれませんが、もし、わかれば、この人形を作った人形師の名前を、教えていただきたいのです」

店主は、復元された京人形を手に取り、しばらく、眺（なが）めていたが、

「申しわけありませんが、これだけでは、誰が作ったかということは、わかりませんね。ところどころ、欠けていますから。ただ、これを作ったのは、かなり、腕のいい人形師です。それだけはわかります。これだけ質の高い京人形を作れる人は、この京都でも、そんなに、多くはありません。私がしっているだけでも、せいぜい、五、六人です。警部さんがお望みなら、その人たちを呼んで、ここにきてもらうようにしましょうか？　自分が作った京人形を、持ってきてもらって、ここに並べれば、作り手がわかるかもしれませんよ」

と、いってくれた。

夕方になると、店主が呼んでくれた京都で著名な人形師五人が、それぞれ、自分の作った京人形を持って、集まってくれた。

美しく気高（けだか）い顔、西陣織の豪華な衣装、そして、優雅な手足の動き、そんな京人形が五体、ずらりと、並んだ。

その五人に、十津川が、質問した。

「この壊れた京人形ですが、東京で殺人事件に使われた、京人形です。皆さんのなかに、この京人形に、何か心当たりのある方は、いらっしゃいませんか？　どんなことでも結構ですから、話してくださいませんか？」

五人の顔に、最初に、浮かんだのは、当惑の色だった。下手に答えて、自分が容疑者にされたらかなわないという、そんな表情が、全員から読み取れた。そこで、十津川は、五人に約束した。

「もし、皆さんのなかに、この事件に使われた京人形を作った方がいても、事件の関係者、あるいは、容疑者とは、考えたりしません。人形を作った人が、犯人なら、常識的に考えて、自分の人形とわかるようなものを、犯罪には、使わないでしょう。それは、われわれもよくわかっています。ですから、安心して、自分が作った、あるいは、作者をしっていると名乗り出てほしいのです」

それでも、誰も、名乗り出てこなかった。

さらに、十津川が、重ねてきくと、五人が五人とも、

「この人形は、自分が作ったものとは違う」

と、否定した。

それに、問題の人形を作った人形師にも心当たりはないともいった。

五人を呼んでくれた人形店の店主は、十津川に向かって、

「私は、何の先入観も、持たずに比べてみましたが、問題の京人形は、この五人が作ったものでは、ありませんね。ご覧のように、各人の作った京人形を持ってきてもらって、今、比べてみたのですが、微妙に違っています」

と、いうのである。

（第一段階で、早くも、壁にぶつかってしまったな）

と、十津川は、思った。

十津川は、わざわざ、集まってくれた五人や、五人を呼んでくれた、京人形の店の主人に礼をいい、五人が持ってきてくれた五体の京人形を、全部、借りることにした。今後の捜査で、それが、役に立つだろうと、思ったからだった。

十津川が帰京すると、その間に、被害者の店夢一夜のホステスや、マネージャー、あるいは、バーテンの尋問に当たっていた西本と日下の二人が、その結果を、報告した。

「死んだママの五十嵐亜紀ですが、普段から客を選んで、やっていたそうです。ですから、店の客は、大物の政治家や実業家、あるいは、芸能界の人間といった有名人ば

かりだったそうで、この不景気の時代でも、毎晩、客が押し寄せていて、かなり、繁(はん)盛(じょう)していたようですよ」

と、西本が、いった。

「そのなかには、ママの恋人はいなかったのかね？」

と、十津川が、きいた。

「ホステスやマネージャーにきくと、ママに恋人がいたことは、間違いないと思うが、それが、誰だったかはわからないというのです。それだけ、ママは、用心深く、客とつき合っていたと思われます」

「どうして、そんなに、ママは、用心深くしていたんだ？」

「はっきりとはわかりませんが、相手の男が、難しい立場にいる人間で、ママとの関係が公(おおやけ)になると困る。それで、ママが、用心深かったのかもしれません」

「それなら、なおさら、相手をしりたいね。引き続き調べてくれ」

と、十津川は、いってから、

「もうひとつしりたいのは、問題の京人形を、誰が、ママに、贈ったのかということだ。その答えは、見つかったのか？」

「三月一日に、ママが、その京人形を、誰かから、もらったことはわかりました。マネージャーが、ママに、三月二日に、明日はひな祭りだが、今年は、お雛様を、どうしますかときいたところ、昨日、とっても素晴らしい京人形をもらったから、今年は、もう、いらないと、嬉しそうにいったのを、覚えていると、証言したからです。ただママは、京人形を、誰から、もらったのかまでは、いわなかったそうです。ですから、マネージャーにも、わからないそうです」

「事件のあった、三月三日だが、何時頃、店が閉まって、ママが、何時頃、六本木の自宅マンションに、帰ったのかは、わかったのか？」

十津川の質問に、今度は、日下刑事が、答えた。

「毎年、あの夢一夜という店では、ひな祭りの夜には、常連の客を呼んで、ひな祭りパーティをするそうです。ホステスたちが、三人官女や五人囃子に、ママが、女雛になる。客のなかから男雛を選んで、三月三日の夜は、女雛のママを、独占することができる。そんなことで、店が、盛りあがり、終わったのは、午前二時頃だったと、いいます。毎年三月三日のひな祭りの夜は、いつも、店が終わるのは、どうしても、午前二時頃に、なってしまうそうです。そのあと、ママは、タクシーを呼んで、六本木の自宅マンションに、帰りました。ですから、自宅に着いたのは、午前二時半頃です」

「その日は、誰も、ママを、送っていかなかったのか？」

「ママは、たいてい、全員を帰してからタクシーを呼んで、ひとりで帰っているそうで、この時も、ひとりで帰った。これは、タクシーの運転手が証言しています」

「ママは、何歳だ？」

「三十歳です」

「たしか、彼女は独身で、結婚はしていなかったね？」

「そうです。今まで一度も、正式な、結婚はしていません」

「一度もか？」

「そうです」

「出身は、どこだったかな？」

「九州の博多だと、皆んなが、いっていましたし、本人も、いっていたそうですから、これは、間違いないと思われます。博多の両親は、すでに、亡くなっていて、ママは、博多には、もう帰るところがないようなことをいっていたそうです」

「ママは、いつ、博多から東京に出てきたんだ？」

「これは、マネージャーの話ですが、それによると、博多では、父親がスナックをやっていたので、それを、手伝っていたんだそうですが、二十歳の時に、上京して、すぐに銀座で、水商売に入っています」

「これまでに、ママが、何か、問題を起こしたことはないのか？」

亀井が、きくと、日下が、

「三年ほど前に、常連客が、会社の資金繰りに困って、手形の現金化を、ママに頼んだそうです。それで、ママは、やはり、常連客のひとりで、その方面に、詳しいAという人物に相談したところ、これが、ちょっとした手形詐欺事件のようなことになってしまったというのです。そのAという客は、逮捕され、ママは、警察に、事情をきかれましたが、自分は、ただ、紹介しただけで、詳しいことは、何もしらないといい張って、解放されています」

「手形詐欺事件か？」

「そうです」

「ママは、相手を、紹介しただけだから、逮捕されなかった？」

「そうです」

「ただ、紹介しただけというのは、ちょっと信じられないな。それがうまくいっていれば、ママの懐にも、かなりの金が入ってくる。たぶん、そんな話になっていたんだと思うね」

「そうかもしれませんね」

「競争の激しい銀座で成功して、あんな六本木の、豪華な超高層マンションに、住んでいるのですから、あのママが、悪いことを、何ひとつしなかったというのは、ちょっと、信じられませんね」

と、亀井が、いった。

4

捜査本部には、十津川が、京都から持ち帰った、五体の京人形が並んでいる。

「私は男ですから、よく、わからないのですが、この京人形は、ひとつ、いくらぐらいするものなんですか？」

三田村刑事が、十津川に、きいた。

「ここにあるのは、京人形のなかでも、大量生産の安価なものではなくて、有名な人形師が、一体一体、手作りで、丁寧に作ったものなんだ。だから、値段は、あってないようなものなんだが、最低でも一体三十万円、いいものになると、百万円くらいはするときかされたよ」

「最低でも三十万円だなんて、単なる京人形が、そんなにするものなんですか。驚きました」

と、三田村が、いった。

その人形を、犯人は殺人に使ったのだ。

その後、事件は、解決の糸口が、なかなか見つからないまま、時間が、経っていった。理由は、いくつかあった。

まず第一は、殺された銀座のクラブのママ、五十嵐亜紀の、交友関係が、あまりにも、広すぎて、そのなかから、容疑者を見つけ出すのが難しかったことである。

第二は、やはり、京人形のことだった。

犯行に使われた京人形を作った人形師が、依然としてわからない。そのことも、捜査の大きな壁になっていた。

あっという間に、一カ月が経ち、また事件が起きた。

5

第二の殺人の現場となったのは、京都だった。

相川しのぶという、今年、二十五歳の女優がいた。

最近になって、急に人気が出てきた若手の、女優である。

もともとは、東京の生まれ育ちだが、女優になって、仕事が忙しくなってくると、撮影所のある、京都に家を買った。

場所は、京都の西陣。昔ふうの京都の家である。売りに出されていたのを買い取り、それを改装して、住むようになった。

この頃は、京ふうの家を、改装して住むのが、若い女性の間では、人気に、なっているのだという。女優の相川しのぶも、それに倣ったのである。

このところ、人気が出て、その上、時代劇に出ることが、多くなったので、京都で仕事をすることが増えてきた。

一カ月続いた撮影が終わり、相川しのぶは、自慢の京ふうの家で、しばらくぶりに、のんびり休むことができた。

四月十五日の夜、相川しのぶはビールを飲みながら、借りてきた外国映画のＤＶＤを観ていた。その時、携帯が鳴った。

手を伸ばして、携帯を取りあげて、ボタンを押し、

「もしもし」

と、いったが、相手は、何もいわない。さらに「もしもし」と呼びかけると、相手は、なぜか、電話を切ってしまった。

(失礼な)

と、思いながら、もう一度、テレビ画面に、目を戻すと、また電話が鳴った。

携帯を手に取った。

しかし、今度は、鳴っていたのは携帯ではなかった。

しのぶは、首をかしげながら、部屋のなかを見回した。

その目の先に飾り棚があり、ファンからもらった京人形が飾ってあった。

じっと耳を澄ますと、電話の呼び出し音らしい音は、その京人形のなかから、きこえてくるのだ。

しのぶは、首をかしげた。

(何で、あんなところから電話の呼び出し音がきこえるのかしら?)

と、思いながら、京人形に近寄り、音のしている部分に、耳を近づけようとした。

と、その瞬間、大きな爆発音が、部屋いっぱいに響き渡り、相川しのぶの体は、数メートルも飛ばされていた。

6

連絡を受けた京都府警捜査一課の刑事たちが、現場に到着したが、誰もが、爆発のすさまじさに、目を見張り、言葉を失った。

京ふうの凝った和室は、障子が吹き飛び、ガラスが割れ、屋根も、なくなっていた。

そして、畳の上に、横たわっているのは、顔の一部が吹き飛ばされてしまっている、無残な死体だった。

捜査を担当することになった、京都府警捜査一課の本橋警部は、その悲惨さに、体が震えるのを感じた。

被害者の血が、壁や障子、襖にまで、飛び散っているのだ。

「死んだのは、女優の相川しのぶ、二十五歳です。以前は東京にいたのですが、六カ月前から、ここに移り住んでいました」

と、永井という刑事が、本橋に、いった。

鑑識班が、やってきた。鑑識班の班長は、現場をひと目見るなり、本橋に向かっ

て、

「一カ月前の三月三日に、東京の六本木で起きた事件と、そっくりだよ」

と、いった。

「実は、私も、さっきから、同じことを考えていたんだ」

と、本橋も、応じた。

鑑識班の警察官たちが、飛散した爆発物の破片を、集め始めた。

その途中で、班長が、本橋のところにやってきて、

「やっぱり、思ったとおり、京人形が使われている。それに、プラスチック爆弾だ」

「これで、あと、携帯電話の破片が、見つかれば、東京の六本木の事件と、まったく同じになるね。それらしいものは、見つかっていないのか？」

と、本橋が、いった。が、すぐ、携帯の破片も見つかった。

少し古いタイプの携帯の破片である。

捜査本部が設けられると、本橋警部は、警視庁に、電話を入れた。

三月三日の爆破事件を担当している十津川警部を、呼んでもらい、

「京都府警の本橋ですが、先月、そちらで起きたものとまったく同じ事件が、こちらで発生しました。今夜です」

と、伝えた。

「まったく、同じですか？」

十津川が、きく。

明らかに、その声は、緊張していた。

「同じです。激しい爆発で、二十五歳の女優が死にました。使われたのはプラスチック爆弾で、現場からは、京人形の破片と、壊れた携帯電話の破片が、見つかりました。京人形、プラスチック爆弾、そして、携帯電話。そちらの事件と、同じです」

「とにかく明日、亀井刑事とそちらに伺います」

十津川の声が、大きくなっていた。

7

翌日、早朝の、新幹線で、十津川は亀井と、京都にいき、捜査本部に向かった。

捜査本部では、京都府警の本橋警部と永井刑事に会い、十津川、亀井の四人で、事件についての話が、始まった。

捜査本部のテーブルの上には、現場から回収した破片を、何とか組み合わせて人形の形にしたもの、携帯電話の破片などが、並べられている。

それは、十津川には、あの東京の六本木で起きた、第一の事件の、再現のように、思われた。

「問題の京人形ですが、マネージャーの話によると、死んだ女優の相川しのぶは、ファンからプレゼントされたものだといっていたそうです。ただ、そのファンの名前や、どんなファンだったのかということは、今のところ、まったく、わかっておりません」

本橋警部が、いった。

「爆発が起きたのは、昨日の夜の、七時すぎでしたね？」

「そうです」

「亡くなった相川しのぶという女優さんは、どんな状況で、爆発に、遭遇したんですか？」

と、十津川が、きいた。

それには、永井刑事が、答えた。

「一カ月にわたる、映画の撮影が終わって、相川しのぶは、京都の西陣に買った家で休んでいたようです。たぶん、その時、携帯に、着信があったのだと、思います」

「どうして、そういえるのですか？」

「彼女の携帯は、爆発でも、破壊されずに、部屋の隅に、転がっていました。一応、機能は正常に働くので、調べたところ、爆発寸前に、外からかかってきたことが、確認されています。しかし、どこの、誰から、かかってきた電話なのかまではわかりません。かかっていた時間が、十五秒足らずだということは、はっきり確認できました。相手は、電話をかけて、すぐに、切ってしまったのだと、思いますね。つまり、相手は、携帯に注意を向けさせたかったんでしょう。そのあとで、また電話の呼び出し音が鳴ったんだと思います。その音が、京人形の体のなかから、きこえていることに気がついた被害者は、不審に思いながらも、ファンからもらった京人形に、近づいていったのだと思います。そして、爆発が起きました。彼女は、顔の一部が、吹き飛ばされて、即死の状態で、死亡です」

「もし、爆発寸前に、被害者の携帯に、着信があったとすれば、その電話をかけたのは、犯人ということに、なりますね」

第二章　古都破壊

1

十津川たちは、問題の京人形を作った男が、どこに住み、何という名前か、やっと調べあげた。

麹町の裏通りにある、問題の店を、十津川たちは、包囲した。

だが、家のなかが暗いところを見ると、容疑者、京屋一太郎は、どこかに出かけていて、留守なのかもしれない。刑事たちは、すぐに、家のなかに踏みこむのを躊躇(ちゅうちょ)した。

十津川が、調べたところでは、美しい京人形の体のなかに、あらかじめ、プラスチック爆弾と携帯電話を、仕かけておいて、爆発させ、今までに二人もの犠牲者を出しているのである。

十津川は、まず、周辺の人たちを避難させてから、突入することにした。

刑事たちが、一軒一軒、周辺に住む人たちを、遠ざけておいてから、京屋一太郎の住む家に乗りこんだ。

やはり、人の気配はない。

西本刑事が、スイッチを探して、部屋の明かりを、つけた。

妙にガランとした部屋である。

十津川は、すでに、逮捕した男から、京屋一太郎の作ったプラスチック爆弾入りの京人形を買って、使用したという自供を得ている。その時に、京屋一太郎の住む家の様子をきいてはいたが、これほど、ガランとしているとは、十津川は、想像していなかった。

その時、突然、電話が鳴った。

とっさに、十津川は、部下の刑事たちの顔を見回した。

「誰の携帯か?」

「いいえ、誰の携帯にも、電話は、かかっていません」

「すぐ逃げろ！　この部屋が、爆破されるぞ！」

十津川が、叫んだ。

たちまち、刑事たちが、その部屋から、飛び出して、いっせいに逃げた。

十津川も、最後に、部屋のなかを見回してから、外に逃げ出した。

十津川が、外に出た一瞬の間を置いて、爆発が起きた。

激しい閃光と爆発音、爆風が、京屋一太郎の家をぶち壊して、ガラス戸が、粉々になり、屋根が吹き飛んだ。

十津川は、咄嗟に地面に俯せになり、耳を、押さえた。

今度は、炎が吹き出た。

十津川は立ちあがり、炎上する家を見つめた。

やがて、消防車のサイレンが響き、二台三台と、消防車が、駆けつけてきた。

消火作業が始まる。

それを、十津川と部下の刑事たちは、ただ見つめた。

消防隊員の、必死の消火作業である。

亀井刑事が、十津川に向かって、いう。

「これでもう、京屋一太郎という男は、この家には、戻ってきませんね」

「そうだな、まず、戻ってこないだろう。問題は、京屋一太郎が、どこに逃げたかだ」

「京屋一太郎が生まれたのは、京都です。彼は、十代の頃から京都で、人形作りの修業をしたといわれ、その後、三十歳になってから、上京しています。他の場所に住んだ記録はありません」

「とすると、彼の行き先は、京都ということになるのか？」

「おそらく、そうではないかと、思います」

と、亀井が、いった。

十津川は、決心した。

周辺の聞き込みは、部下の刑事に任せて、亀井刑事とこれから最終の新幹線で、京都にいくことにした。

2

十津川は電話で、上司の三上本部長に事情を、伝えてから、亀井刑事と、東京駅に向かった。

東京駅から最終の「のぞみ２６７号」に乗った。

京都に着くまでの間に、十津川の携帯には、東京に残してきた、部下の刑事から、次々と連絡が入った。まず最初は、日下刑事からだった。

「火事は、先ほど鎮火しました。現在、焼け跡を調べていますが、京屋一太郎らしき死体は、見つかっていません。それから、爆風で天井が壊されました。爆薬は、プラスチック爆弾だと思われます。京人形自体もバラバラになり、体に入っていた携帯も破壊されて、散乱しています」

「京屋一太郎の、行き先は、わからないか？」

「今、調べていますが、わかりません」

「念のために、確認するが、その家に住んでいたのが、人形師の京屋一太郎だということは、間違いないんだな？」

「今、全員で、周辺の聞き込みをやっています。京屋一太郎は、この家を賃貸で借りていたと思われますので、麴町にある不動産屋にいって、詳しいことをきいています」

「京屋一太郎に関して、何か、新たに、わかったことはないか？」

「今、ここに、近くの派出所に、勤務している新井巡査長が、きているので、電話を代わります」

と、日下が、いい、続けて、

「巡査長の新井です」

と、代わった男の声が、いう。

「燃えた家に、京屋一太郎という人形師が住んでいたことを、しっていたのか？」

と、十津川が、きいた。

「二年前に、引っ越してきて、京屋一太郎が、あの家に住んでいたことは、間違いありません。ただ、私は、京屋一太郎が、何をしているのか、最初は、しりませんでした。人形師だということを、しったのは、かなり経ってからです」

「君は、京屋一太郎と、話をしたことがあるのか？」

「何回か、話をしています。京人形を作っているところを、見せてもらったこともあります」

「どんな男だ？」

「ひと言でいえば、口数の少ない、静かな男です。しかし、だからといって、気難しい男では、ありませんよ。優しい男です。彼と話をしていて、ムッとするようなことは、一度も、ありませんでした。それは、彼と会った人が、みんな、いっています」

「京屋一太郎は、そこに、ひとりで住んでいたのか？」

「そうらしいです。ただ、断定はできません」

「どうしてだ？」

「美しい京人形を、作っていたからでしょうか、女性が、時々、訪ねてくることが、ありました。ただ、その多くは、京人形を買う客でした。はっきりと、京屋一太郎と関係があると思われる女は、会ったことが、ありません」

と、新井巡査長が、いった。

「京屋一太郎は、酒を、飲むほうかね？」

「私が会っている時に、お酒を、飲んでいたことはありません。ただ、ワインの貯蔵庫があるときいたことがあります」

「京屋一太郎は、京都に生まれ、京都で人形作りを修業している。それ以外のことで、何か、きいていることはないか？」

「私は、京屋一太郎は、美しい京人形を作る人形師としか思っていなかったので、彼のことを、あれこれ調べたことは、ありません。今から周辺の聞き込みをやって、何か、わかりましたら、ご連絡します」

新井巡査長が、いう。

十津川は、自分の携帯の番号を、相手に教えてから、電話を切った。

二三時三一分に京都に着くと、二人はタクシーで、三条にあるホテルに、チェックインし、まず一泊することにした。

3

翌朝、ホテルのバイキング料理で朝食をすませると、二人は、京都府警本部にいき、前もって、京屋一太郎について、捜査協力を要請してある本橋警部に会った。

ところが、本橋は、十津川の顔を見るなり、

「見つけましたよ」

と、いきなり、いった。

「京屋一太郎をですか？」

「いや。本人は、まだ見つかっていませんが、京屋一太郎が、京都の西陣に購入した家が、見つかったんです。たぶん、いつか京都に戻ってくるつもりで、買っておいたんじゃありませんかね」

と、本橋が、いう。

「本当に、京屋一太郎が、買った家なんですか？」

十津川が、念を押したのは、あまりにも早く、京屋一太郎の足跡が見つかってしまったので、半信半疑なのだ。

「京屋一太郎という名前が珍しいので、まず間違いないと思います」

と、いったあと、本橋が、逆に、十津川に、

「京屋一太郎が、爆弾男だということは、間違いないんですか？」

と、質問した。

「正確にいうと、京屋一太郎は、プラスチック爆弾を入れた、京人形を作った人間で、その京人形を使って、殺人を実行した人間は、別にいます。その男を逮捕しています。その男は、プラスチック爆弾と携帯電話が、人形のなかに入っているのを承知の上で、京屋一太郎から、京人形を渡されているのです。その自供に基づいて、昨日、京屋一太郎の逮捕に向かったのですが、間一髪、逃げられてしまい、挙句、爆発で、彼の家が吹き飛び、危うく、死傷者を出すところでした。完全なミスです」

「京屋一太郎は、京都に逃げてきていると、考えて、おられるんですね？」

「そう考えています。われわれが、わずかに摑んだ情報によれば、おしらせしたとおり、京屋一太郎は、京都に生まれ、京都で人形師として修業したあと、上京しています。京都と東京以外、住んだことがないのです。その上、今、本橋さんから京屋一太

郎が、前もって、京都の西陣に家を買っていたときいて、想像が、当たっていたと思い、ほっとしているのです」

とにかくその家を、見にいくことになった。

本橋がパトカーを用意してくれて、十津川と亀井は、西陣地区に、向かった。

京都の家、特に商売をしている家の間口は狭く、奥行きが深い。二人の刑事が監視に当たっていた。

近くでパトカーを降りて、本橋警部の案内で、十津川と亀井は、西陣の京屋一太郎の家を案内してもらった。

二階建ての、純和風の家である。西陣では、すでに、百年くらい経っているという歴史のある家だが、京屋一太郎は、購入してから、外部は、元のままだが、内部は、徹底的に改装していた。しかし、そこには、京屋一太郎の姿はなかった。

その家を、京屋一太郎に売ったという、西陣の、不動産屋にも、十津川は会って話をきいた。

東京からやってきて、京ふうの木造の家を購入したのは、間違いなく、京屋一太郎という男だと、不動産屋の男が、教えてくれた。契約書もあった。

「買ったあと、京屋一太郎は、内部を改装したんですね？」

「そうです。改装が終わってから、住みたいというので、私のほうで、業者を紹介しました。一カ月前に、その改装も、全部終わったので、あとは、ベッドや応接セット、テレビなどを、買い揃えたあとに、ご本人がやってくるだけということに、なっているんですよ。数日前、デパートで、買い揃えたという品物が運びこまれていましたから、今のままでも、住めると思いますよ。ですから、今日あたり、東京から、引っ越してくるのではありませんか？」

と、不動産屋が、いった。

今のところ、まだ、京屋一太郎は、殺人事件の容疑者でしかない。したがって、十津川が、そうしたいと思っても、改装した京ふうの家に、乗りこんで、なかを調べるというわけにもいかなかった。

十津川は、改装を請け負った業者を訪ね、いったい、どんなふうに、改装したのかを、写真を見せてもらいながら、説明してもらった。

改装の途中の写真や、改装が完成したあとの写真など、全部で、五十枚近い写真を、十津川は、見せてもらった。

「同じ写真を、東京にいる、京屋一太郎さんにも、送ってあります。その後、京屋一太郎さんから、こちらに電話がありまして、改装には、満足している。そろそろ東京の生活がいやになったから、近いうちに、引っ越したいと、おっしゃっておられましたが、まだ、こちらには、お見えになって、いないようですね」

と、業者がいった。

「近日中に、こちらに、引っ越してくると、京屋一太郎は、たしかに、そういったんですね？」

亀井が、念を押した。

「そうです」

「念のために、おききするんですが、でたらめの話とは、思いませんでしたか？　初めから、信用されましたか？」

今度は、十津川がきく。

「ええ、初めから、信用しましたよ。今日中にも東京から、引っ越したい。そんな感じを、電話から、受けました。それなのに、お待ちしているんですが、いらっしゃいません。京屋さんが京都に着いたら、こちらの内装を、請け負ったコーディネーターが、西陣の家にいって、どこを、どのように直したのかを説明することに、なっているんですが」

「京屋一太郎は、ひとりで、あの家に住むつもりなんでしょうか？　それとも、誰かと一緒に、住むみたいなことを、いっていませんでしたか？」

十津川がきくと、業者は、

「それは、こちらでは、わかりません。そういうことは、何も、おっしゃって、いませんでしたから」

と、いい、業者は、続けて、

「私も、京屋一太郎さんから、京人形を購入したことがあるんですよ。ずい分前です。とにかく、美しい人形なんですよ。時には、色っぽくも、見えます。だから、気に入って、今も、その京人形は、私の家の、床の間に、飾ってありますよ」

4

その後、十津川と亀井は、もう一度、西陣に引き返した。

京都府警の、本橋警部と三人で、問題の家の表を見たり、ぐるりと、一区画回りこんで、勝手口も、調べていた。

表の入口には〈京屋一太郎〉の表札と「京人形　承りますうけたまわ」と書いた看板が下がっている。

「京都でも、京人形を作って、それを売るつもりなんですかね。でも、この家に現れたら、われわれは、殺人容疑で、すぐ彼を逮捕しますよ」

亀井が、いった。

「京屋一太郎の逮捕状は、出ているんですか？」

と、本橋が、きく。

「いや、まだ出ていません。京都で見つかるかわかりませんでしたから」

「それでは、京屋一太郎が、見つかったらどうしますか」

「緊急逮捕します」

と、十津川は、いった。

何しろ相手は、危険な爆弾魔なのだ。

十津川は、不思議な気がしていた。

京屋一太郎は、なぜ、この西陣の古い家を買い取って、その内部を改装して、住もうとしているのか？

東京の麹町に住んでいた京屋一太郎からプラスチック爆弾のはいった京人形を受け取った者は、十津川が、調べてわかっただけでも、三人いた。

そのうちのひとりが、東京で爆破事件を起こしたが、すでに、逮捕し、自供も、取ってある。

その犯人は、間違いなく、麹町の京屋一太郎の店にいき、プラスチック爆弾が仕こんである京人形を受け取り、それを使って、殺人を、実行している。

当然、京屋一太郎も、そのことは、メディアが、大きく報道したからしっているはずである。

今から一週間前だった。その後、男が自供したので、麹町の京屋一太郎の店に出かけたのである。

ところが、一歩遅かった。京屋一太郎の姿はなく、家が、爆破されて、十津川たちは、危うく大怪我を、するところだった。

そこまで考えると、十津川は、京屋一太郎が、いったい、何を考えていたのかと首をかしげてしまうのだ。

最初のうち、京屋一太郎が作った美しい京人形、それは、遠隔操作爆弾だった。それを、高い金額で、三人の人間が買った。

もちろん、買った人間は、その京人形を、殺人に使うつもりで、買ったのである。だから、二つの爆破事件が起きて、二人もの人間が亡くなっている。

しかし、そんな事件が起きれば、警察はすぐ、京人形を作った、京屋一太郎を見つけ出して、逮捕しようとするだろう。

現に、こうして、十津川たちは、京屋一太郎を逮捕するために、京都にきている。

「どうにもわかりませんね」

十津川が、いった。

「十津川さんは、どんなところが、わからないんですか？」

本橋が、きく。

「京屋一太郎は、京人形の体に、プラスチック爆弾と、携帯電話を、埋めこんで、少なくとも、三人の人間に売っているのです。買ったほうも、それが、単なる京人形ではなくて、爆弾だと、わかっていたはずです。事件が起きれば、たちまち、京屋一太郎の名前が、警察に、しられてしまいます。そうなれば、あとは、一気呵成です。京屋一太郎が、この家に住み始めた途端に、逮捕されてしまいますよ。そのくらいのことを、京屋一太郎には、わからなかったんでしょうか？　そこが、私には、わからないのですよ」

「たぶん、しばらくは、爆破事件が起きても、警察が、自分に、目をつけることはないだろうと、京屋一太郎は、高を括っていたのではありませんか？」

と、本橋警部が、いった。

「どうしてですか？　彼から、問題の京人形を買った人間が、警察に、捕まることを考えなかったんでしょうか？」

「こういうことではないかと思うのです。京屋一太郎は、体に、プラスチック爆弾と携帯電話を仕こんだ京人形を作って、それを、売っていました。買った客も、それが爆弾としって買っているわけでしょう。つまり、人形を買った人間も、人形を使えば、爆破殺人の罪を負うことになりますから、そのことを恐れて、京屋一太郎のことを、喋らないだろう。そう考えて、京屋一太郎は、安心していたのではないでしょうか？　だからこそ、京都の西陣に家を購入して、そこに、住むことにしていたのではありませんか？　私は、そう、理解しているんですが」

「たしかに、京屋一太郎は、そう考えて、安心していたのかもしれませんね」

と、十津川も、うなずいた。

客のひとりが、これほど早く捕まり、自分のことを警察に、話してしまうとは、思っていなかったかもしれない。

西陣の問題の家は、京都府警の刑事たちが監視することに決まり、十津川と亀井は、いったん、ホテルに戻った。

夕方になると、本橋警部が、京屋一太郎の経歴を調べて、それをしらせに、わざわざ、ホテルまできてくれた。

「京屋一太郎ですが、祇園のなかにある人形店の、ひとり息子として、生まれています。両親のやっていた店は、京都でも老舗の人形店で、お雛様とか、あるいは、端午の節句の人形を売っている店ですが、その両親の家で、京屋一太郎は、伝統的な京人形の制作に励んでいたわけではありません。遠藤白石、はくせきは、白い石と書くのですが、京都でも有名な京人形師で、名人といわれていました。この遠藤白石に弟子入りをして、京屋一太郎は数年間、京人形の制作に没頭していたと、いわれています。この遠藤白石は、すでに、亡くなっていますが、京屋一太郎が京都を離れて、上京したのは、この名人が亡くなってすぐの頃です。もう、遠藤名人から習得すべき技術はないと、見極めたのかも、しれません。その後、京屋一太郎の両親が、相次いで、亡くなり、親戚も、京都には、まったくいないようです。ですから、京屋一太郎が、なぜ、京都に戻ろうとしているのか、そこがまだ、納得できないのです。京屋一太郎の作った京人形が、遠隔操作爆弾であることは、すでにわかっていて、今現れたら、直ちに逮捕される。本人だって、そのくらいのことは、わかっているはずなのに京都にきて、いったい、何をしようとしているのか？　あの改装した家で仕事を始めたら、たちまち逮捕されてしまいますからね」

「もうひとつ、しりたいのですが、改装したあの家には、何体の、京人形があるんでしょうか？」

と、十津川が、きいた。

「改装を引き受けた業者によると、改装が終わったあと、その報告を電話で、東京にいる京屋一太郎にしらせたといっています。その時、家のなかには、京人形らしいものは、一体も、なかったと証言しています。東京で作ったものがあって、それを、持ってくれば、別ですが、今もいったように、家の改装を頼まれた業者が、改装をし終わった時には、一体も、京人形は、なかったと、いっているのです」

と、本橋警部が、いった。

京都府警の刑事が交代で、問題の家を見張っているのだが、依然として、京屋一太郎が引っ越してきた気配はない。ただ、なぜか、お祝いの花が贈られてきたのである。

本橋警部が、それを、十津川に、電話で教えてくれた。

「警戒に当たっていた刑事の話では、今から十五、六分前に、舞妓が、胡蝶蘭を抱えてやってきて、京屋一太郎が買った家の前に置いたので、話をきいてみると、上七軒のお茶屋に、突然、胡蝶蘭が送られてきて、これを、西陣の京屋一太郎の家に届けてほしいと、いわれたそうなんです。何でも、昔、京屋一太郎の両親が、健在だった頃、父親が時々、上七軒のお茶屋に遊びにきていて、知り合いだった。それで、何の疑いもなく、舞妓さんに頼んで、胡蝶蘭を、持っていかせたと、お茶屋の女将さんが、いっています」

「ということは、この花は、今日、京屋一太郎自身が、知り合いのお茶屋さんに送ってきたんですかね？」

「実は、西陣の旦那さんで、京屋一太郎の両親と、つき合いがあった人の話によると、現金書留で、十万円が送られてきて、そのなかに入っていたメモに、京屋一太郎が、西陣に家を買ったので、ぜひ、お祝いに白い胡蝶蘭を買って贈ってくれと、書いてあったそうで、この人は、何の疑いも持たずに、ああ、あの京屋夫妻のひとり息子が、西陣に家を買ったのかと思い、自分で持っていったのでは、いかにも、不粋なので、上七軒の舞妓さんに、お願いして、届けてもらったと、いっています。別に、嘘は、ついていないように、見えました」

本橋警部が、いった。

十津川は亀井と、すぐに西陣にいき、その胡蝶蘭を見た。

十津川は、そこにいた本橋に向かって、

「ひょっとすると、この胡蝶蘭は、京屋一太郎の、警察に対する、挑戦状かもしれませんね」

「十津川さんは、どうして、そう、思われるんですか?」

と、本橋が、きく。

「京都だって、自分の家に、自分で、花を贈る人間はいないんじゃありませんか? たぶん、警察が、この家を、監視しているのを承知していて、京屋一太郎は、この花を送ったに違いないと思うのです」

と、十津川が、いった。

「だから、花の贈り主は、京屋一太郎ということですか?」

「ほかには、考えられないのですよ。東京で京人形を使った爆破事件があって、人形を作ったのは、京屋一太郎らしいということは、新聞が、大きく、報道しています。これは、頭のいい人間なら、予想されたはずです。それなのに、京屋一太郎は、この家を買い、表札までかけているんです。その花です。そんな、危険を冒(おか)してまで、京屋一太郎は、なぜ、警察が監視しているこの家に、胡蝶蘭の花を届けたんでしょうか? これは、間違いなく警察に対する挑戦だと、受け取りました」

十津川は、自信を持って、いった。

十津川の、推測が当たっていることは、すぐに証明されることになった。

十津川が京都にきてから三日目の午前中、京都市役所に、脅迫状が、届いたのである。

〈京都市長殿〉と宛て名の書かれた、かなり大きめの封筒で、差出人の名前は、京屋一太郎になっていた。

京都市役所は、すぐ京都府警に連絡をした。そこで、京都府警の本橋警部と、京都にきて滞在していた、十津川たちが、京都市役所に駆けつけ、封筒から取り出した脅迫状を読むことになった。

巻紙に墨で書かれた、かなり達筆な脅迫状だった。

〈謹啓

京都市長殿。

私はかねがね、最近の京都市政が堕落の一途をたどっていることを、大いに、憂いております。市長は、京都という千年の古都を、いったい、どうされる、おつもりなのでしょうか？

京都タワーが作られた時も、市民の間に大きな物議が、醸し出されましたが、その後は、さらにひどくなり、外国人にも、設計コンペに参加させて、ただ単に、コンクリートの塊にしか見えない、京都駅を建設してしまいました。

そのほか、京都市政は、十階までの高さのマンションを建てることを、許可したかと思えば、また、規制を、元に戻してしまいました。こんなことを繰り返していて、美しい京都の町を守ることができるでしょうか？

今、上空から眺めると、千年の古都は、すさまじく無秩序に改修され、その上、いつの間にか、コンビニや外食産業のチェーン店などが増えていて、私のように、古くから京都に住んでいる者から見れば、これは、明らかに、堕落というよりほかにありません。

そこで、私は、一刻も早く、不細工そのものの京都駅や、大げさなチェーン店の建物を解体することを、要求します。

今から一週間以内に、すべてのおぞましい建物を、解体することを約束し、ただちに、実行に移すことを要求する。

もし、それができないというのであれば、私のほうで、そうした建物を解体し、歴史的な古都に調和する、建物を作ろうと考えています。

今日から、三日間の猶予を、皆さんに、差しあげるので、もし、不可能というのなら、まず十億円を、私に支払うことを、K新聞に広告として載せてください。

もし、それがなければ、私は、三日以内に、京都のシンボル的な場所を、爆破します。

これは、単なる、脅(おど)かしではありません。その場所には、すでに、爆弾を仕かけてあります。

京都市長が、これまでのことを、謙虚に反省して、京都の町を、昔に戻すよう、指示を出すことを、要求します。

何回も、繰り返しますが、その期限は、今から三日です〉

　そして、署名は、京屋一太郎となっていた。

5

　京都市役所の要請で、五条(ごじょう)警察署に、捜査本部が設(もう)けられ、京都府警の本橋をはじめとする二十人の刑事が集まり、合同捜査ということで、京都にきていた十津川警部と亀井刑事の二人も、参加することになった。

その日の捜査会議で、本部長は、まず、

「この脅迫状が、はたして、本物なのか、悪戯なのか、それを最初に考えてほしい」

と、いって、集まった刑事たちの顔を、見回した。

本橋警部が、まず、発言した。

「私は、この脅迫状が、単なる悪戯だとは、思えません。差出人は、間違いなく、本気です」

「君が、そう考える理由を、説明してくれ」

「理由は、いくつかあります。すでに、東京と京都で、二回の爆破事件が、起きて、人が死んでいます。それに使われたのは、京屋一太郎という人形師の作った京人形です。その京人形の体には、プラスチック爆弾と携帯電話が、仕こまれていて、それが、引き金になっていることは、すでに、はっきりしています。第二は、この脅迫状に書かれている要求です。いかにもという要求が書かれています。新しい京都の町に失望した。元に戻せと要求していますが、こうした考えを持つ京都人は、決して、珍しくありません。賛同者は、多いと思うのです。脅迫状は、まるで、そうした、京都の人たちのいらだちを代弁する形で書かれています。また、京都に姿を現せば、逮捕されることを覚悟の上で、京都の西陣に、家を、購入しています。つまり、自分は、あくまでも古都京都の人間だということを、強調しているのです。この三点から考えても、この脅迫状は、遊びや悪戯などではなく、真剣に、書かれたものだと、考えます」

本橋警部が、いうと、本部長は、

「この件について、警視庁では、どう考えますか？」

と、視線を、十津川に向けた。

「東京では、すでに、京人形を使った爆破事件が起きて、人が死んでいる。そうした事実をふまえての意見をきかせてください」

「私は、京屋一太郎という人形師が、引き起こした今までの事件について、考えてみたいのです。こちらの調べによれば、少なくとも、問題の京人形が、京屋一太郎の手によって作られたことは、間違いないのです。警視庁としては、爆弾の仕こまれた京人形、使用したプラスチック爆弾や携帯電話、実行犯の自供などを手がかりに追跡して、京屋一太郎という人形師が関わっていることを確認しました。われわれが、彼を逮捕に向かったその時、京屋一太郎は、携帯電話を使って、彼自身が住んでいた家屋を、爆破させてしまいました。これは、明らかに、もう、東京に戻らないことを示しているように、思えます。京屋一太郎は、京都の西陣に、新たに、家を購入しました。住めるようになっているようですが、まだ、京屋一太郎は、その家には引っ越してきておりません。その上今回の、京都市役所に、送られてきた脅迫状です。京屋一太郎が、西陣の家に、引っ越してくれれば、監視している刑事によって、簡単に、逮捕されてしまうでしょう。それにもかかわらず、京屋一太郎は、大金を出して西陣の家を買い、住みやすいように、改装しました。それは、自分は今、京都にいる。自分は、京都の人間なんだということを、誇示しているように、思えます。ですから、これは、遊びや悪戯ではなく、あくまでも、本気なのだと思います」

「脅迫状には、京都を、代表するようなところに、爆弾を仕かけたとあるが、それがどこか、想像がつくかね？」

本部長が、本橋警部に、きいた。

「実は、それで、困っているのです」

「どうして、困るんだ？」

「何しろ、京都は、千年の古都ですから、市内の至るところに、京都を、代表するような寺院や神社が、建っています。そのなかで、もっとも京都を、代表する場所といえば、やはり京都御所（ごしょ）でしょう。しかし、ほかにも、北野天満宮（きたのてんまんぐう）もあれば、石庭（せきてい）で有名な竜安寺（りょうあんじ）のような寺とか、いくらでも、あるのです。そのいずれもが、京都を代表すると考えても、間違いはありません。犯人は、実名は使わず、わざと、京都を代表するといったような、曖昧な表現を使ったのではないのかと、私は、考えています。つまり、京都の建物のどこを、爆破しても、犯人のいったとおりに見えますから」

「それでは、どうしたらいいと、思うんだ？　対象が無数にあるからといって、全部は守れない。調べられないだろう？」

「そのとおりです。現在、三十カ所を選んで、調べるつもりですが、爆発物の専門家が足りません」

と、本橋警部が、いった。

京都の大きな市内地図が持ち出された。地図の上には、京都の有名な場所、建物の名前があり、そのなかから、三十カ所に、印がつけられていた。

「もうひとつ、質問したい」

と、本部長が、いった。

「京都市役所に、届いた脅迫状によれば、すでに爆弾を、仕かけてあると書いてある。当然、爆弾といっても、むき出しのものではなくて、すでに使われたような、京人形の体に、プラスチック爆弾と、携帯電話を仕こんだものだと考えていいんだろうね？」

「もちろん、そう思います」

「それで、脅迫状にあるように、京都を代表するところに、すでに仕かけられているのだろうか？　それとも、これから、仕かけるつもりなのか？　そのあたりの判断は、どうするつもりかね？」

本部長が、本橋に、きいた。

「すでに仕かけたというのは、私は、嘘だと思っています」

「どうして、嘘だと、思うんだ？」

「理由は簡単です。脅迫状には、たしかに、爆弾を、すでに、仕かけてあるように書いています。しかし、他の小さな動きを、犯人は、示しているのでしょうか？　西陣に買った自分の家に、胡蝶蘭を送ってきたのは、今日になってからです」

「それで？」

「私は、犯人が、三日以内と、いっているのは、現在、爆弾は、どこにも仕かけてなくて、こちらの動きを見ながら、三日以内に、どこかに仕かけようと考えているのではないかと思います。すでに仕かけられていれば、今日は、三日前ということになるわけです。その時点で、脅迫状を、寄越したりは、しないでしょう。それだけ、警察に、調べる時間を、与えてしまうからです。現に、こうやって、私たちは、京都市内の地図を用意して、マークする場所、建物に赤い丸をつけて、調べようとしているんですから」

「そうすると、君は、これから犯人が、どこかに、爆発物を仕掛けようとしていると、考えているわけだね？」

「そうです」

「それなら、三日間のうちに、犯人を、逮捕できる可能性が、大きくなってくる。それで、いいんだね？」

「私は、そう、考えていますから、刑事たちには、犯人が、三日間の間に動くだろうから、よく見張っていれば、京屋一太郎を逮捕できるといってあります。すでに、京屋一太郎の顔写真は、全員に、持たせてあります」

と、本橋警部が、いった。

十津川も、東京に残っている刑事のうちから、五人を選んで、すぐに、京都にくるようにと命令し、自分たちも、京都府警の手伝いをして、犯人の逮捕に、寄与したいと、考えていた。

次の日、東京から、五人の刑事が、やってきた。その五人に、すでに、こちらにきている亀井刑事をプラスすると、六人になり、二人ずつコンビを組ませた。京都府警に話して、亀井たち刑事六人を、三つのグループにわけて、京都市内の巡邏をさせることにした。あくまで遊軍である。

京都市長が、爆破犯人によって脅迫されているということは、警察は、メディアには、話さなかった。あまり詳しく話すと、それが、そのまま報道されてしまう。そうなると、犯人が、京都をさけて別の場所で、同じような犯行を、繰り返す恐れが、あったからである。

相変わらず、京都の町は、観光客で、賑わっている。

三十の名所旧跡に、配置された六十人の刑事もいれば、京都市内のパトロールに当たっている刑事もいる。

その京都市内の名所旧跡にも、京都駅にも、いつものように、修学旅行の生徒たちが、たくさんやってきていた。

特に、京都駅のホームや、構内は、何十人、あるいは、何百人という、白っぽい服を着た修学旅行の生徒たちで、溢れている。

警察が、もっとも警戒しているのは、京都御所だった。

しかし、京都御所以外にも、狙われそうな場所は、いくらでもあった。京屋一太郎の顔写真を大量に、コピーして、それを、狙われそうな名所旧跡に配ることにした。

しかし、あまりにも、対象が多いのだ。

京都は、厳戒体制に入った。三日間の間に、京屋一太郎を見つけ、逮捕できるだろうか？

三日目が、近づくにつれて、刑事たちの目は、いっそう、険(けわ)しくなっていった。

第三章　西陣の家

1

京都市の松下市長は、ホームページを持っている。ホームページを管理しているのは、秘書課長の、大川進である。

京都は、長い歴史を持っている町なので、全国はもちろん世界中から、観光客が集まってくる日本一の、観光都市でもある。

したがって、京都市長のホームページに、送られてくるメッセージは、一日だけでも軽く百通を超える。

大川課長は、毎日定時に、登庁すると、椅子に腰をおろし、お茶を飲みながら、そのホームページに送られてきた、メッセージに、目を通すのが、日課になっていた。

ホームページに送られてくるメッセージは、京都の素晴らしさや、楽しさを称えるものが、多かったが、なかには、批判的なものも、少なくない。

〈観光客が多すぎて、肝心のお祭りの時に、宿に泊まれない〉

〈市バスが、時間どおりに、きちんと走っていない〉

〈京都のラーメンはまずい〉

面白いものもあるが、なかには、返事に、窮するものもある。

いつもの調子で、画面に流れるメッセージを読んでいた大川の目が、急に止まった。いきなり、

〈とうとう三日目、六月三日がきましたね〉

というメッセージが、目に、飛びこんできたからである。

慌てて、大川課長は、座り直して、続きを読んでいった。

〈先日、私は、京都市長宛てに、手紙をお送りした。もちろん、読んでいただいたと思っている。そのなかで、私は、非日本的な、猥雑(わいざつ)にしか見えない、どうしようもない建築物は、三日目に、爆破すると通告しました。

しかし、武士の情けも考え、今回は、十億円で、和解することも書いておいたにもかかわらず、何の連絡も、いただけませんでした。大変残念なことです。そのま、三日間がすぎ去り、今日六月三日、約束の、タイムリミットとなってしまいました。

私は、今から十二時までの間に、京都タワー、京都駅、京都市役所の、いずれかを爆破します。爆発物は、すでに、この三つの建物のどこかに、仕かけられています。

こちらとしては、このまま、沈黙を続けておいて、爆破し、京都市の無策ぶりを、非難しても、構わないのですが、私は、どうにも、心が優しいたちで、妥協(だきょう)してしまうのです。

この三カ所のうち、一カ所に、爆発物を仕かけたことをお教えすることにします。

現在、ちょうど、十時です。爆発まで、あと二時間あります。その間に、私の仕かけた爆発物を発見し、無事に処理をして、爆破を未然に防ぐことができれば、第一回目はそちらの勝ちです。

わざわざ、こんなヒントを、そちらに与えるのは、私も、京都という町を、愛しているからです。

しかし、いくら、私が京都を愛していても、これ以上のヒントを、差しあげることはできません。

見事、そちらが、爆破を防げるか、それとも、京都の三つの建物のひとつを爆破で失ってしまうかどうか、この第一ラウンドは、あと二時間、そちらの勘と力をじっくり拝見させていただきます〉

これが、ホームページに、送られてきたメッセージの全文である。

最後には、前回同様、京屋一太郎の署名が、あった。

大川課長は、このメッセージを、プリントアウトしたものを手にすると、市長室のドアを叩いた。

幸い、松下市長はすでに、登庁して、仕事を始めていた。

大川課長はすぐ、プリントアウトしたメッセージを、松下市長に見せた。

松下市長は、黙って読んでいたが、次第に、その顔も緊張したものになっていった。

「君は、このメッセージを、本物だと思うか？　単なる悪戯だという可能性は、ないか？」

と、松下市長が大川課長を見た。

「文章の感じを見る限りでは、間違いなく、三日前、脅迫状を、送りつけてきた京屋一太郎のものです。三日前に脅迫状が、送られてきたことは、メディアには、いっさい発表していませんから、相手が、十億円の和解金のことまで、しっているところを見れば、これは、犯人からの連絡だと考えるべきで、悪戯ではありません」

「それならすぐ、京都府警の本橋警部に連絡して、大至急、こちらにくるようにいってくれ」

と、松下市長がいった。

2

十分後に京都府警捜査一課の、本橋警部と十人の刑事。東京の警視庁からきている十津川たち七人が、市長室に、集まってきた。

今日のメッセージが、三日前に脅迫状を送ってきた犯人、京屋一太郎のものであることは、京都府警も、十津川も、見解は一致した。

「京屋一太郎の居場所は、わかりましたか？」

松下市長が、本橋にきく。その声は、いら立っている。

「この京都市内に、いることは間違いないと思っていますが、どこに隠れているのかは、まだ、わかっておりません。京屋一太郎が購入した西陣の家は、刑事たちが、引き続き、監視していますが、今のところ、姿を現しては、おりません」

と、本橋が、答える。

「もうひとつ確認しますが、この京屋一太郎が、爆発物を仕かけた場所、あるいは、建物はわかりましたか？」

と、松下市長が、きいた。

「残念ながら、その点も、まだわかっておりません」

と、本橋が、答える。

「わかりませんか？」

「何しろ、京都というこの町には、京屋一太郎がいう、名所旧跡や建物が、あまりにも、多すぎるのです。現在、刑事たちを総動員して、ひとつひとつ、調べていますが、調べなければならない場所が、多いので、爆発物が仕かけられている場所や建物は、まだ、見つかっておりません」

「今日の、メッセージで京屋一太郎は、三カ所を指定してきています。京都タワー、京都駅、そして、京都市役所です。今、私がしりたいのは、二つあります。第一は、犯人の新しいメッセージを、信用していいかどうかと、いうことです。第二は、この三カ所の、建物のうち、犯人は、どこを、狙っているのかということです。皆さんに、それを、考えてもらいたいのです」

と、松下市長が、いった。

まず、京都府警の本橋が、自分の考えを、松下市長に、伝えた。

「今回の犯人は、自信満々に、見えます。第一に、京屋一太郎という自分の名前を、隠そうともせず、むしろ、誇らしげに、名乗って、いますからね。したがって、今回のメッセージに、書かれている『狙うのは、京都タワー、京都駅、京都市役所の三カ所のいずれかで、そのうちの一カ所に、すでに、爆発物を仕かけた』という内容も、言葉どおりに、信じてもいいのではないかと、思うのです。次は、この三つのうちの、どこに爆発物を仕かけたかということですが、それは、今のところ、残念ながら、判断がつきません」

松下市長は、今度は、十津川の顔を、見た。

「十津川さん、あなたは、どう、お考えになっていますか？」

「私も、本橋警部と同じく、犯人の京屋一太郎は、自信に、溢（あふ）れていると思います。第一回の脅迫状にあった三日間では、仕かけて置いた場所が、わかるはずがないと、犯人は思ったに違いありません。そこで、犯人は、三カ所に絞（しぼ）って、京都市長の、ホームページにメッセージを送ってきたのだと、思います。しかし、私にも、この三カ所のうちの、どこに、爆発物を仕かけたのかはわかりません」

十津川も、正直に、いった。

松下市長は、大川課長に、向かって、

「君の考えも、ききたい。犯人は、この三カ所のうち、どこに、爆発物を仕かけたと思うかね？」

「京屋一太郎は、最初の脅迫状のなかで、新しい京都駅のような、古都京都にふさわしくない建物があると批判しています。ですから」

と、大川課長が、いいかけた時、秘書課の若い女性職員が、京都タワー、京都駅、京都市役所の、三枚の写真を持って、部屋に、入ってきた。

大川課長が、それを並べて壁に貼っていく。

大川課長は、三枚の写真を、見ながら、言葉を続けた。

「京都タワーですが、これができた時には、評判はよくありませんでした。外観が、京都にふさわしくないという人が、多かったのです。なかには、ろうそくみたいで、気持ちが悪いという人までいました。しかし、あのろうそくのような形に、人々の目が、慣れてしまったのかもしれませんが、京都タワーは、京都駅の真ん前にあるので、あれを目がけて、車を走らせていけば、間違いなく、京都駅に着けるので、便利だという人もいます。次の京都駅ですが、これも、京都人の間には、評判が、よくありません。外国人が設計コンペに参加したものであること。航空母艦みたいに大きすぎるということ。かつての京都駅では、烏丸口から、反対側の東寺の塔が、見えたのに、今では、まったく、見えなくなってしまったといって、残念がっている人が多いのです。この犯人も前の脅迫状のなかで、新しい京都駅は、古都京都には、ふさわしくないといって、批判しています」

「しかし、私の知り合いのなかには、新しい京都駅は、以前に比べて、便利になったという人も、いるんだがね」

松下市長が、いった。

「私の知り合いが、いうには、嬉しいのは、各ホームに、エレベーターがついたことだ。それで、体が不自由な人も、いちいち、階段を使って、上り下りしなくてすむし、エレベーターが、勝手に使えることだ。新幹線の駅のなかには、荷物用の、エレベーターと兼用のところがあるので、いちいち、駅に連絡し駅員にきてもらわないと使えないことがある。その点、京都駅は、自由に使える」

「そのとおりです」

「最後の、京都市役所だが、とにかく、古い建物だということは、よくわかっている。もう少し、綺麗にしたらどうか？　千年の古都なんだから、それにふさわしい建物にしろ。そういう投書を、受け取ったこともある。しかし、犯人の京屋一太郎は、金をかけて、妙なもの、古都に、ふさわしくないものを建てることに、反対しているのであって、この京都市役所のように、古いのを我慢して使っているものを、非難しているわけじゃない。だから、少なくとも、この市役所の、建物を爆破することは、ないんじゃないだろうか？」

松下市長は、府警本部の本橋警部を見、警視庁の、十津川の顔を見た。

京都府警の本橋が、いった。

「たしかに、市役所の建物は、ほかの京都タワーや、京都駅とは、明らかに、違っています。しかし、私が気になるのは、犯人が、この三つのなかに、わざわざ、京都市役所を、入れていることです。何か特別な理由があって、三つのなかに、入れたのか？　前の脅迫状は、三日前に、市長宛てにきていますから、もう一度、市長を脅(おど)かしてやろうと思って、わざと、つけ加えたのか？　そのどちらなのか、判断ができません」

「犯人のメッセージを、信用して、この三カ所を、徹底的に、調べてみたらどうだろう？　京都市役所は、私を先頭にして、全職員が、どこかに、爆発物が仕かけられていないかを調べる。あとの二つ、京都タワーは、京都府警の本橋警部に、調べていただき、京都駅は、警視庁の、十津川警部に、調べていただく。時間が、ないので、大至急、お願いします」

松下市長が、いった。

十津川や亀井たちは、ただちに、京都駅に向かった。

今日は、ウィークデイだが、京都は、ほかの観光地とは、明らかに違うと、十津川は、感じる。

京都以外の、日本各地の名所旧跡(きゅうせき)は、観光客が、集まる時とそうでない時が、はっきりわかれている。

ところが京都には、シーズンオフという言葉が、ないらしい。ウィークデイの今日も、京都駅は、観光客で、溢れているし、一年中いつ見ても、京都は、全国からやってくる修学旅行の生徒たちで、一杯である。

十津川は、まず、京都駅に二つある駅長室にいって、協力を要請した。

東京駅もそうだが、この京都駅にも新幹線の駅長室と、在来線の駅長室がある。どちらの駅長も、十津川の話に驚き、駅員に命じて、京都駅構内の隅から隅までを、隈なく捜索してみると、いってくれた。

調べ始めると、京都駅の大きさに、十津川は、今さらながら驚いた。

駅ビルのなかには、あらゆるものが、入っている。デパート、これは、十一階まである。最近できた新しいホテルもある。

その上、もっとも捜査の邪魔になるのは、観光客である。どのフロアも、観光客で、一杯だし、十一階の名店街は、昼食の時間が、近くなっているので、どの店も客で、一杯になっている。通路にまで、客が並んでいる店もある。

そこに、踏みこんでいって、店のなかを調べるのは大変である。

それだけではない。列車の存在もある。

犯人が指定した、昼の十二時、それまでに京都駅に到着する、列車の本数の多さにも、十津川は、驚いた。

列車を使えば、犯人はわざわざ、京都駅のどこかに、爆発物を仕かける必要は、ないのだ。

現在十一時。あと一時間以内に、京都駅に到着する列車に、爆発物を、仕かけておけばいいのである。列車ごと駅舎を爆破することが、可能だからだ。

犯人は、今日の十二時までに爆破すると、予告している。だからといって、十二時きっかりに、爆破するとは、限らない。前の脅迫状には、三日以内と、書いていたのである。

だから、十二時までに、京都駅に到着する列車があれば、その車内に爆発物を仕かけてもいいのだ。

十津川は、新幹線について、時刻表を、調べてみた。

東京発九時四〇分下りの「のぞみ219号」十六両編成、これが、京都駅に着くのが一二時〇一分である。

上りの時刻表を、調べると、新大阪(しんおおさか)発「のぞみ226号」がある。この列車が、京都に着くのが一二時〇五分で、一分停車した後、〇六分に、発車する。こちらも十六両の長い編成である。

京都に、到着したり、京都を出ていく列車を調べてみたが、幸い、十二時ジャスト、あるいは、十二時五、六分前後の列車は、山陽本線にも、近畿タンゴ鉄道にも、ほかの路線にも、見つからなかった。

となると、列車でマークすべきは「のぞみ219号」一本だけで、いいだろうと、十津川は思った。

マークするのは、この列車一本だけだとしても、問題は、十六両編成の長さである。京都着一二時〇一分だから、着く前に、列車内で爆発物を、爆破させて炎に包まれたまま、京都駅に突っこませれば、どれだけ大きな災害になるか、想像がつかない。

かといって、今から、京都のひとつ手前の停車駅の名古屋までいき、この列車に、乗りこんで、十六両の車内を、隈なく調べるというわけにはいかなかった。すでに十二時まで、あと、二十五分しかないからだ。

「もし、この『のぞみ219号』の車内に爆発物を、仕かけておいて、京都まで突っ走ってきたら、絶望というほかないな。こちらとしては、打つ手がない」

と、十津川が、いうと、

「たしかにそうですが、私は、警部が心配されているようなことは、起きないと思います」

亀井が、いやに、自信ありげに、いう。

「カメさんは、どうして、そう思うんだ？」

「今までに京屋一太郎は、東京と京都で二回爆破事件を、起こしていますが、大量殺人をやったケースは、皆無だからです。それに、脅迫状にもあったように、自分が、京都で爆発物を爆破させるのは、京都の歴史や、景観を汚している、醜い建物に対して、腹を立てているからだと書いています。もちろん、いいわけめいた、行動かもしれませんが、まったくの、嘘ではないと、思うのです。ですから、十六両編成の、新幹線を爆破するようなことは、京屋一太郎は、しないのではないかと、思っています」

と、亀井が、いった。

十津川は、亀井の考えに、賛成したわけではないが、到着する、新幹線を調べることは、物理的に、無理だとわかったので、京都駅そのものを調べることにした。

京都駅では、在来線の建物と、東海道・山陽新幹線の建物が、はっきりと、わかれている。

十津川は、中央口から構内に入り、在来線関係の建物から、調べていくことにした。

駅員と、鉄道警察隊には、逆の、新幹線八条口から入らせ、駅のコンコースを、調べてもらうことにした。

駅長室で、京都駅の案内図をもらうと、改めて、広いと思う。地下鉄も通っているし、ホテルもある。そのほか、デパートも入っているし、十一階には、名店街もある。

十津川たちは、駅のコンコースを、北から南に向かって調べながら、進んでいった。

途中で、駅員と鉄道警察隊のグループにぶつかる。

十津川たちは疲れていたし、向こうの、グループも、明らかに、疲れている顔だった。

どちらのグループも、まだ爆発物を見つけていないのである。

これから、いったい、どうしたらいいのか？

十津川が、そう考えていた時、突然、爆発音がとどろいた。

建物自体が、震えた。

しかし、周囲を見回してもどこにも炎が見えない。

ただ、小さな破片が、パラパラと頭上から落ちてくる。

白煙が立ちこめる。

その煙のなかから、悲鳴がきこえた。

「怪我人はいませんか？　倒れている人はいませんか？」

十津川は、大声で、叫んだ。

幸い、続けて、二回、三回と、爆発は起きなかった。

どうやら、爆発は、さっきの、一回だけだったらしい。悲鳴は、その時の一回で終わってしまっているからである。

「爆発は、表のようです！」

亀井が、叫んでいる。

十津川たちは、新幹線八条口に、急いで、向かった。

気がつくと、駅の入口の一カ所から煙があがっている。

煙は、コンコースのなかだけではなくて、高速バス乗り場に、近いところからも、立ちのぼっているのだ。

「助けてくれ！」

悲鳴をあげながら、駅員と思われる男が二人、よろよろと、十津川たちの方向に、歩いてくると、目の前で、急にくずおれてしまった。二人の顔は、黒く汚れ、額(ひたい)から血が流れていた。

「どこですか、爆発は？」

と十津川が、怒鳴った。

だが、二人の駅員は、倒れたまま、動かず、十津川の問いに答えることができないらしい。

「大至急、救急車を呼べ！」

十津川が、また、怒鳴った。

倒れた駅員二人が、出てきた方向を、十津川は、見すえた。

駅舎は、ＪＲの建物と、近鉄の駅舎が、並んでいる。その境目あたりに、特急券売り場、ＪＲの旅行案内所などが、並んでいる。その一部から、煙が吹き出しているのだ。

ガラス戸が、粉々に砕け、天井や壁が、爆発で崩れてしまっている。明らかに、さっきの爆発は、そこで起きたのだ。

十津川は見すえた。幸い、怪我人の姿は、見当たらない。負傷したのは、さっきの、駅員二人だけのように見える。

そのことに、十津川は、少しだけ、安心した。

「ここは、たしか、新幹線の、お忘れ物の承り所ですよ」

亀井が、十津川に、いった。

そこは、亀井のいうとおり、新幹線の、お忘れ物承り所だった。その看板は吹き飛んで、近くの壁に、突き刺さっていた。

普通なら、大きなガラスドアを開けてなかに入るのだが、そのドアが、壊れてしまっている。

少しずつ、人が、集まってくる。

十津川は、煙にむせながら、お忘れ物承り所のなかを、覗きこんだ。

奥の棚に、忘れ物が、ぎっしり詰めこまれているはずだが、棚ごと吹き飛ばされて、奥では、赤い炎が、見えた。忘れ物が、燃えているのだ。

亀井がすぐ、一一九番した。

十津川は、奥に向かって、

「誰かいませんか？」

と、大声で、怒鳴った。

しかし、返事はない。

誰もいないのか？　それとも、奥で作業していて、爆風にやられて、倒れているのか？

さっきの二人は、このお忘れ物承り所で、忘れ物の受付をしていた、駅員か。

「あの二人は、どうした？　大丈夫なのか？」

十津川が、きくと、若い刑事が、

「救急車がきて、搬送していきました。二人とも意識がありましたから、おそらく、命には、別状がないと思われます」

と、いう。

そのうちに、駅前広場の、バスやタクシーの乗り場に、二台三台と、サイレンを、鳴らしながら、消防車が、入ってきた。消防隊員が、降りてきて、十津川たちを押しのけるようにして、燻っている、お忘れ物承り所の奥に、向かって、放水を始めた。

十津川は、携帯で、松下市長に、連絡を取った。

「京都駅の八条口で、駅舎の一部が、爆破され、炎上して、駅員二人が、怪我をして、救急車で搬送されました。ほかに、負傷者がいるかどうかは、現在、調査中です。今、消防車がきて、消火作業中です」

「そうですか、狙われたのは、京都駅でしたか」

と、松下市長が、いう。

「ほかの場所でも、爆発が起きたら別ですが、おそらく、犯人が、狙ったのは、ここだけでしょう。京都タワーに、いっている本橋警部にも連絡してください」

と、いってから、十津川は、

「市役所は、どうですか？　大丈夫ですか？」

と、きいた。

「今十二時を三十分ほど、すぎていますが、こちらでは、爆発は、起きていません」

と、松下市長が、答えた。

3

結局、この日、爆発があったのは、京都駅の八条口の、新幹線のお忘れ物承り所一カ所だった。市役所も、爆破されなかったし、京都タワーも、無事だった。

お忘れ物承り所で働いていた若い駅員二人は、爆発で、負傷して、救急車で、病院に搬送されたが、幸いなことに、どちらも意識がしっかりとしており、軽傷だった。

もうひとり、お忘れ物承り所の奥で、新しい忘れ物を帳簿につけていた三人目の、駅員がいたのだが、こちらのほうは、もろに、爆風に吹き飛ばされて、壁に、叩きつけられた。こちらの駅員は重傷で、先の駅員二人と同じように、少し遅れて、病院に搬送されていったが、それでも、命には別状がないということだった。

十津川は、京都府警の本橋警部と合流し、三人の駅員が、入院した病院に、話をききにいった。

お忘れ物承り所で、働いていた三人のうち、奥にいたひとりは、重傷なので、話をきくことができなかったが、ほかの二人には、何とか、話をきくことができた。

「こちらで、消防と一緒に、調べた限りでは、爆発があったのは、お二人が働いていた、新幹線のお忘れ物承り所のほぼ中央です。おそらく、そのあたりの棚に爆発物が置かれていたのではないかと、思われるのですが、何か、気がついたことは、ありませんか？　例えば、見慣れない忘れ物が、置いてあったとか、どんなことでも、いいのですが」

京都府警の、本橋警部が、二人にいった。

そのお忘れ物承り所で、すでに十年近く働いているという二人の駅員は、口を、揃えて、

「心当たりは、まったくありません。普段とまったく同じだったし、怪しい人物も、見かけませんでした」

と、いった。

「たぶん、爆発したのは、桐の箱に入った、京人形だと、思うのですが、最近、それらしきものを、預かりませんでしたか？」

十津川が、きいた。

有馬と渡辺という名前の二人は、何やら小声で話しながら、考えていたが、そのうち、有馬のほうが、

「ああ、思い出しましたよ」

と、いった。

「何を思い出したんですか？」

「たしか、六月の一日の午後でした。東京から『のぞみ』で、京都にきたという中年の男性が、ここにきて『私の隣に座っていた男性の乗客が、これを、忘れて降りてしまったんですよ。慌てて、追いかけたが、途中で、見失ってしまいました。私は、この町にくるのが、初めてなので、とにかく、ここで、預かってください。すぐ、取りにくると、思いますから』そういうので、預かったんですよ。たしか、大きな、風呂敷に包まれていた桐の箱でした。念のためになかを、確認すると、綺麗な京人形が、入っていたのを、よく覚えています」

と、有馬が、いった。

「それを、ここに届けてきたのは、男性だといいましたが、どんな男性でしたか？詳しく、教えてください」

「そうですね、四十歳から五十歳くらいと思われる品のいい男の人でしたよ。いかにも、優しそうな顔立ちをしていて、指なんかも、男性にしては、細かったですね。何か、芸術的な、仕事をやっている人じゃないんですか。例えば、ピアノを弾いたり、絵を描いたりするような」

「名前を、いっていましたか？」

「たしか、東京からきた、田中といっていましたね。二、三日、京都のホテルに、泊まって、京都の市内を、観光して歩くんだと、いっておられましたよ」

と、有馬が、いった。

十津川は、二人の駅員に、京屋一太郎の顔写真を見せて、

「この男性ではありませんか」

「ちょっと、違うような気がしますね。髭を生やしていたし、頭に、頭巾のようなものを、かぶっていました。だから、芸術的な仕事をしている人ではないかと、思ったんです。話し方も丁寧で、静かでした」

有馬が、いい、横から、渡辺が、うなずいた。

「その、預かった忘れ物に対して、誰か、電話で、問い合わせてきた人は、いませんでしたか？」

と、本橋が、きいた。

「いえ、誰もいません」

「その忘れ物を、怪しいとは思いませんでしたか？」

本橋が、とがめるような口調で、きいた。

「怪しいというのは、どういうことでしょうか？　桐の箱の中身も、見ましたが、とても美しい、表情の穏やかな、京人形でしたよ。怪しいという感じは、まったく、しませんでしたけどね。たぶん、何十万もする、高価なものなんじゃありませんかね」

「しかし、東京と京都では、美しい京人形を使った爆破殺人事件が、続けて起きているんですよ。京人形の体のなかに、プラスチック爆弾と、携帯電話を、仕こんでおいて、遠隔操作でその携帯を鳴らすと、それが、合図になって爆発が、起こるようになっていた。東京と京都で、すでに、二件も、同じ事件が起きているのですが、ご存じありませんでしたか？」

と、十津川が、きくと、

二人の駅員は、また、顔を見合わせて、考えこんだ。

「いや、しりませんね」

と、渡辺が、いった。

三日後の六月六日、市長室に、京都府警の本橋警部たち、それに、警視庁の十津川たちが集まった。六月三日に起きた爆破事件について、どう対応すべきか話し合うためである。

爆破された、京都駅八条口の、お忘れ物承り所のなかの様子が、写真に、撮られ、市長室の壁に、数枚、貼ってあった。

死者は、ひとりも出なかった。とはいえ、写真で見る限りお忘れ物承り所の様子は、ひどいものだった。

とにかく、お忘れ物承り所は、奥が深く、棚という棚には、乗客が、忘れていった、さまざまな品物が、並べて保管されていた。その忘れ物のなかにあった京人形が、爆発したのだ。

棚にあった忘れ物は、爆風を受けて、飛散した。

天井が落ち、壁が裂けて、隣の事務所と繋(つな)がってしまった。

京都府警と警視庁との、合同捜査が決まったが、今後の、捜査方針を決めるにあたって、松下市長が、司会役となり、会議が、始まった。

その会議が、始まる前に、秘書課長の大川が、硬い表情で、

「今朝早く、ウチのホームページに、犯人の京屋一太郎から、新たなメッセージが、入っていました。それを皆さんにご披露します」

数枚のプリントを取り出すと、それを、ゆっくりと、読みあげた。

〈私の挨拶代わりの爆破は、いかがでしたか？

私は昔から、人が死ぬのを見るのはあまり好きではありません。

東京と京都で、私の作った京人形を買っていった客が、それを使って二人の人間が、殺されましたが、あれは、私のせいでは、ありません。京人形を買っていった客が、私には関係なく、勝手に、やったことです。

私の目的は、人を殺すことではなくて、すっかり、俗化し、うす汚れてしまった京都の町を、以前のような、綺麗で、美しい町に戻すことです。

だから、今回も、人は、殺さないように、努めました。

私の希望は、京都の町を古都らしく、蘇らせることです。それを京都市長や、京都の警察が、実行を怠る時には、私は、怒りを爆発させ自分のモットーを捨てて、

大量殺人に、走ってしまうかもしれません。

そのことを、よく頭に入れた上で、京都市長をはじめ、京都府知事や、京都の役人たち、そこには、警察関係者も入っていますが、その人たちが、私の願っているような、美しい、古都京都に戻してくれたら、私には、何の不満も、ないので、満足して、姿を消すつもりです。

繰り返しますが、私の願いは、京都の町にふさわしくないものを消して、古都を蘇らせることです。

たくさんの、観光客がやってきて、ただ賑(にぎ)やかになれば、それでいいとは、思っていません。京都は、千年の古都なのですからそれに、ふさわしい町にして、いただきたいのです。

パチンコ、パチスロなどといった店は、京都にはまったく、似合いません。飲食店のチェーン店も、必要ありません。どこにいっても同じものを、食べさせ、飲ませようというのは、古都京都に、ふさわしくないからです。

素晴らしい店が、一軒だけあることのほうが、古都に、ふさわしいのです。

これから、六月十五日まで、私は何もせずに、黙って、京都を見守っているつもりです。その間に、私が思う京都にふさわしくないもの、パチンコ店、飲食店のチェーン店、庭も自然もないマンション、そうした余計なものが京都市長の働きで、一軒でも二軒でも消えてくれれば、私は、何もいいません。

しかし、六月十五日までに、一軒も、消えていない時には、私は、実力行使に打って出ます。そのことを、よく、肝に銘じておいていただきたい〉

署名は、前と同じように、京屋一太郎だった。

4

そのメッセージを、プリントアウトしたものを、大川秘書課長が、全員に、配った。

そのあとで、今後の捜査方針について話し合いが始まった。

「まず最初に、皆さんに、おききしたい。今、皆さんに、お配りした犯人、京屋一太郎からの新しいメッセージですが、これは、本気だと思いますか？ それとも、こんなことを、本気では考えていない。目的は、あくまでもゆすりだと思いますか？」

松下市長が、きいた。

京都府警の本橋警部が、答える。

「私は、両方だろうと、思いますね。警視庁の十津川警部に、きいたほうが、早いと思うのですが、東京の麹町で、京屋一太郎は、美しい京人形を、作り続けていました。外見だけ見れば、間違いなく優雅で美しい、京人形です。しかし、体には、プラスチック爆弾と、携帯電話が仕こまれていました。携帯電話と京人形が合体した、爆弾です。それを、京屋一太郎は、高い値段で売っていたのです。それだけでも、立派な言葉を並べたメッセージは、信用できなくなります。たしかに、彼は、美しい京人形を作っていましたが、同時に、金儲けも、やっていたのですから。その男が、京都に、やってきました。しかし、今いったように、彼が、本心から、古都京都を美しく、浄化しようと、考えているとは、とても、思えません。多少は、考えているかもしれませんが、本当の目的は、ほかにあると、思うのです」

と、本橋が、いった。

「ほかにある目的というのは、何だと思いますか？」

と、松下市長が、きく。

「今もいったように、京屋一太郎の目的は、金儲けですよ。それ以外には考えられません。まず京都中を騒がせておいてから、爆破で脅かしてゆする。これが、京屋一太郎の本性だろうと、考えています。古都京都を蘇らせるといった言葉に騙されては、いけません。それは、彼の本心じゃありませんから」

と、本橋が、いった。

「警視庁の十津川さんは、どう、思われますか？」

と、松下市長が、きいた。

「私は、残念ながら、東京の人間です。京屋一太郎が京都に生まれ、京都で育ったことは、しっています。どんな人間なのか、彼のことを、よくしっている人たちに会って、話をきいてみようと思っています。捜査方針を決めるのは、それからでも、遅くないと思っています。京屋一太郎は六月十五日までの猶予を、われわれに、与えてくれたのですから、それを有効に使いたいのです」

「京屋一太郎は、今、どこにいると、思いますか？　西陣に、一軒家を買い、それをリフォームしていますが、こうなっては、そこに住むことは、できないでしょう。警察が、監視をしていますからね。今、京屋一太郎は、どこに、潜伏していると思いますか？」

と、松下市長が、きいた。

「京都からは、離れていないだろうと、思いますね」

と、本橋は、いった。

「地図で見ると、京都というのは、南北に、長細いことがわかります。北は、若狭湾（わかさ）に続いています。それに、東京のように、どこにいっても人が多いというようなことはなくて、京都の北にいくと、美山町（みやまちょう）のような、のどかな田園風景が、広がっています。おそらく、彼は、そういうところにいって、心身を休めているのではないでしょうか？　ですから、私は、京都の北、美山地区や、あるいは、海の見える地区を重点的に、調べてみようと思っています。京屋一太郎が隠れているとすれば、北だと思っているのです」

「私は、今いったように、京屋一太郎のことを、よくしっている人に、なるべく多く会って、この男について、教えてもらおうと思っています。結論は、それからです」

と、十津川が、いった。

本橋の携帯が、鳴った。

電話に出て、二、三分、話してから、本橋警部が、松下市長と、十津川に向かって、いった。

「今の電話は、西陣の、京屋一太郎の家を監視している部下からの、報告だったのですが、京屋一太郎から、あの家を、借りたという人が、やってきたそうです。京屋一太郎のことは、ほとんど何もしらずに、あの家を借りることにして、手付金を払い、貸借（たいしゃく）の契約もしたそうです。それで、とにかく、あの家に、住みたいと、いっているのだそうです。それで、私はこれから、その人物に会って、詳（くわ）しい事情を、きこうと思っているのですが、十津川さんも、ご一緒にどうですか？」

5

十津川と亀井、そして、京都府警の本橋の三人は、パトカーで、西陣に向かった。

問題の家に着くと、若いカップルが、家のなかにいた。

監視に当たっていた京都府警の二人の刑事が、本橋に向かって、

「このカップルが、東京で、京屋一太郎からこの家を、借りたというのです。二人の住所は、東京の、四谷（よつや）になっています。持ち主の京屋一太郎との間に、取り交わした賃貸契約書を、見せてもらいましたが、正規のもので、おかしいところは、まったくありません。法律的には、あの家を、カップルに貸さざるを、得ないのですが、どうしましょうか？」

と、きいた。

「わかった。取りあえず、二人から、話をきいてみよう」

本橋は、十津川と亀井の二人と一緒に、家のなかにあがり、問題のカップルと向かい合った。

相手が、名刺をくれた。

男は、篠原正孝（しのはらまさたか）、三十歳。女は、土屋幸恵（つちやゆきえ）、二十八歳である。

「東京で、貸主の京屋一太郎に会ったそうですね？」

まず、本橋が、きいた。

「ええ、そうです」

「京屋一太郎とは、どういう、関係ですか？　前からお知り合いだったんですか？」

「僕たち二人は、東京四谷のマンションで一緒に、暮らしていたんです。簡単にいえば、同棲（どうせい）というやつですよ。近くの喫茶店に、よくいっていたのですが、そこで、京屋一太郎さんと、ちょくちょく、会っていました。京屋さんが京都の出身で、京人形を作る職人だとしりました。僕たちは、前々から、京都に住みたいと思っていましたから、京都のことを、いろいろときいたりしていたんです。そのあとで、突然、京屋さんがいうんです。京都の西陣に家を買ったんだが、急に、住めなくなった。それで、君たちがよければ、住んでみないか、君たちは友人だから、安くしておくがどうか、といわれましてね。僕たちは、喜んで手付金を払い、契約書にも、サインしたんです」

篠原正孝は、土屋幸恵と顔を見合わせて、嬉しそうに、いった。

二人は、賃貸契約書を持ってきていたが、それを、いくら見ても、不審な点は、見つからなかった。

契約を取り交わした相手が、殺人犯、あるいは、爆弾犯だとしても、カップルは、そのことを、まったくしらなかったというのだから、契約を破棄しろとは、いえなかった。

それに、このカップルが、住んでいれば、京屋一太郎が、油断して、この家に舞い戻ってくるかもしれないから、逮捕のチャンスが生まれる。

十津川は、そう、思ったし、京都府警の本橋も、同じように、思ったらしい。

そこで、このカップルに、本橋が、

「自由に住んで構いませんよ」

と、いった。

そのあとで、十津川が、

「家賃は、どう払うことに、なっているんですか？」

「京屋さんとの話では、毎月一回、彼のほうから、こちらの携帯に電話をかけるので、指定した場所で会って、家賃を直接、現金で払ってもらいたいと、いわれました。ちょっと、おかしな話ですが、別に、危険なことでも、違法なことでも、ありませんから、了承しました。これから、ここに住んで、京屋さんからの、電話を待つことにしますよ」

と、篠原正孝が、いった。

第四章　破壊との闘(たたか)い

1

　捜査本部で、警視庁と京都府警の、合同捜査会議が開かれた。

　今回の捜査会議は、一般的な事件の捜査会議とは、かなり違った形になった。何しろ、犯人は、すでに、わかっているからである。

　犯人の名前は、京屋一太郎。京都生まれの人形師である。京屋一太郎が今、何を企(たくら)んでいるのかも、わかっている。

　ただ現在のところ、彼の行方(ゆくえ)は、わかっていない。

　西陣に、古い家を購入し、それを改装して、現在、そこが京屋一太郎の現住所になっていることもわかっているが、京屋一太郎本人は、そこには、姿を現していないのである。

問題は、京屋一太郎が、松下市長に宛てた要求でありメッセージである。

〈六月十五日までに、古都京都に、ふさわしくない店や、京都の景観を、壊す建物を、市長の力で、一軒でも二軒でもいいから、なくすように努力せよ。もし、六月十五日までに、一軒も消えていない場合は、やむを得ず、実力行使をする〉

これが、脅迫状に書かれた内容だった。

メッセージのなかで、犯人の京屋一太郎は、千年の古都京都にふさわしくない、なくすべきものとして、具体的に、パチンコやパチスロの店、あるいは、飲食チェーン店、庭も自然もないマンションといったものを挙げていた。

しかし、それだけでも、今の京都には、かなりの数が存在している。

いったい、そのどれを、京都市長の権限で取り潰せというのだろうか？

合同捜査会議には、京都府警本部長、犯人が名指しで、脅迫状を送りつけてきた松下市長、秘書課長の大川進、京都府警本部で、今回の事件を担当している本橋警部、そして、警視庁からは、十津川と亀井の二人が、出席した。

最初に、松下市長が、発言した。彼の顔は、困惑していた。

「問題は、犯人の京屋一太郎が、千年の古都京都にふさわしくないものとして、どんなものを考えているかということです。私のところにきた脅迫状では、パチンコ店や、パチスロ店、あるいは、大手の飲食チェーン店、さらに、庭も自然もないマンション、この三つを挙げていますが、これは例えであって、彼が、本当に、京都から、なくしたいと思っているものが、何なのか？　それがわからないと、対応の仕方がわかりません。まず、それを明らかにしないと、犯人に対応することが、できないんじゃありませんか？　ですから、今回の捜査会議では、その点を、皆さんで、話し合っていただきたいと思います」

この提案を受けて、京都府警の本橋警部が、発言した。

「今、松下市長が、いわれたことは、私も、同感です。今回、京屋一太郎は、京都駅の一階にある新幹線のお忘れ物承り所を、爆破しました。しかし、京屋一太郎が、お忘れ物承り所を爆破したのは、そこが、千年の古都京都にふさわしくないと考えたからでは、ないと思うのです。この犯行で、彼が、京都にふさわしくないものとして、憎んでいるのは、京都駅そのものだと、私は、考えます。なぜなら、新しい京都駅は、京都にふさわしくないという声が、市民や、観光客の間にあることが、はっきりしているからです。新しい京都駅を嫌う人に、その理由をきいたところ、まず第一に、新しい京都駅の設計を募集して、外国人が参加していたことを挙げる人がいます。京都はもっとも日本的な都市なのだから、その設計は、やはり、最初から日本人に任せるべきだったというわけです。また、昔からの京都のシンボルとして、東寺の五重塔を考える人が、多いのですが、昔の京都駅では、八条口から、反対側にある、東寺の五重塔を、見ることができたのに、今の、航空母艦のような京都駅ができてからは、八条口から東寺の五重塔を、見ることはできなくなりました。そのことを、悲しむ京都市民が、かなりの数いることも事実です。こうした人たちと同じ理由で、京屋一太郎も、新しい京都駅が、嫌いなのだと思います。それで、京都駅のお忘れ物承り所を、爆破したのではないかと、思われます。ですから、松下市長宛ての脅迫状には、パチンコ店とか、パチスロ店、飲食チェーン店などを、挙げていますが、本当に、京屋一太郎が、嫌悪感を覚えているのは、何なのかという疑問なのです。ですから、パチンコ店を一店潰しても、彼は、さらに、もっと大きな要求をしてくるおそれがあります。今、松下市長がいわれたように、京屋一太郎の本音(ほんね)をしる必要があると思います」

「たしか、京屋一太郎の履歴を、調べたことがあったな?」

府警本部長が、きく。

「はい。京屋一太郎の経歴は、調べました。彼は、京都の人形専門店の息子として、生まれました。彼自身が、人形師になろうと考えたのは、十代の後半だといわれ、京人形作りの名人といわれた、遠藤白石という人形師のもとで、修業しています。遠藤名人は、すでに亡くなっていますが、跡を継いだ息子の遠藤久矢さんは、現在も京都で、京人形師として確固とした地位を築いています。遠藤久矢さんは、父親の遠藤名人の、弟子として京人形作りを、勉強しましたが、その時に、京屋一太郎も一緒に、学んでいたそうです。二人は、いってみれば、兄弟弟子ということになります。今日は、その遠藤久矢さんを、お呼びしているので、京屋一太郎が、どんな性格の持ち主なのかなどをきいてみたいと思っています」

と、本橋警部が、いった。

すでに、捜査本部に呼んでいる、人形師、遠藤久矢に、捜査会議に、加わってもらうことにした。

遠藤久矢は、京屋一太郎と同じ歳で、十代の時から、父でもあり、名人でもある遠藤白石に師事して、京屋一太郎と一緒に、京人形作りを、勉強してきたという。

本橋警部が、まず、京屋一太郎について思い出をきいた。

遠藤久矢が、考えながら話す。

「父の遠藤白石には、私を含めて、全部で十三人の弟子がいました。そのなかで、もっとも腕のいい人形師といわれ、将来を嘱望されていたのが、京屋一太郎です。その力量は、私から見ても、弟子のなかでは、抜きん出たものがあって、父も認めていました。ただ、京屋一太郎という男は、気性が激しくて、その激しさが、できあがった人形に現れてしまうところがありました。父にいわせると『京人形のよさは、美しさであり、優しさである。たしかに、京屋一太郎はすぐれた腕を持ち、美しい京人形を、作ることはできるだろうが、残念ながら、彼の作る京人形に優しさを感じる人は、あまり、いないのではないか？　自分の怒りを、人形にこめてしまうのだ。もし自分の心を清らかにして、人間に対しても、自然に対しても、優しい気持ちになれれば、誰にも作れないような、素晴らしい京人形を、作れるだろう。しかし、今のままでは、優しさのない、奇妙な美しさを持つ京人形を作ることになる。その美しさを称賛する人は、いるかもしれないが、彼の作った京人形に、接して心が癒されるような、そんな、京人形は、作れないのではないか？』常日頃父は、そんなふうに、いっていました」

「そんな遠藤名人の見方に、京屋一太郎は、どう反論していたんですか？」

と、松下市長が、きいた。

「彼は、私の父に対しては、何も反論をしませんでした。しかし、私には、よく、こんなことを、いっていました。『たしかに、京人形は美しく、優しくなければいけないことは、しっている。しかし、それでは、作られた人形は、心のない、でくのぼうになってしまうじゃないか？　俺は、自分の正直な感情をこめて、京人形を作りたいんだ』と、そんなふうに、いっていましたね。たしかに、彼の作る京人形には異様な美しさがありましたね。それを、怖いという人もいて、父はそんなものは、京人形ではないといっていました。そのうちに、父があまりにも、優しくというのが、鬱陶しくなったのか、京屋一太郎は、突然、京都から、姿を消してしまいましたが、彼は、東京で、京人形の店を出し、自分が作った京人形を、売っていました。その頃、電話で、話したことがあるんですが、その時、彼は、こんなことを、いっていました。『歴史に生きている古都京都では、京人形も歴史的産物だから、美しく、優しく、作らなければならない。それは、わかっているが、俺には、どうしても、それができないので、東京に、逃げてきた。東京には、京都のような制約は、何もない。だから、自分が作りたいように、気ままに、京人形を、作っている』と、いっていました。その頃の、彼が作った、京人形を見たことがありますが、たしかに、素晴らしいものでした。彼の人形作りの技術は、人形師たちのなかでは、おそらくナンバーワンでしょう。しかし、彼が作った人形は、たしかに、美しいのですが、どこかに、危険なところ、怖いところが、ありましてね。彼が、許すことのできないようなことに、ぶつかると、その気持ちが、彼の作った京人形に、乗り移ってしまうのだと、思いましたよ。父が亡くなり、今、京屋一太郎が、京都に帰ってきました。おそらく、京屋一太郎の考え方とか、性格は、昔と変わっていないのではないかと、思います。彼の作る京人形には、美しいが、彼の怒りというか、正義感というか、そんなものがこめられてしまっていると、私は、考えてしまいます」

と、遠藤久矢が、いった。

2

本橋警部は、遠藤久矢に対して、京屋一太郎が、松下市長に、脅迫状を、突きつけていて、どんな内容かも詳しく説明した。

「われわれは、京屋一太郎が、何を考えているのか、その答えが、見つからないのです。彼は、京都は、美しい、千年の古都である。したがって、古都京都に、ふさわしくないものは、一刻も早く、取り除かなければならない。そう考えていることは、明らかです。彼は、古都京都にふさわしくないものとして、パチンコ店やパチスロ店、飲食店のチェーン店、そして、庭も自然もない、マンションを挙げています。しかし、京屋一太郎は、本心で、いったい何がもっとも千年の古都京都にふさわしくないと、思っているのか？　それを、われわれはしりたいのです。今、いったように、市長への脅迫状には、具体的なものが書かれてありましたが、彼が、京都で、最初に狙ったのは、新しい京都駅だったのです。その時、京屋一太郎の頭のなかで、もっとも、京都にふさわしくないものは、新しい京都駅と考えていたのだとしか思えないのです。それで、遠藤さんに、ききたいのですが、京屋一太郎は、この古都京都のなかで、いったい何が、もっともふさわしくないと考えていると思いますか？　一般的な好き嫌いではなくて、あくまでも、京屋一太郎という天才的な人形師の頭のなかでということですが、わかりますか？」

本橋警部が、きく。

「たしかに、京屋一太郎は、好き嫌いの激しいところがあって、京都にふさわしくない建物が、建ったりすると、ひとりで、怒っていましたね。新しい京都駅が、できた時も『あんなセンスのない建物は、絶対に許せない。俺は、ああいう建物は、嫌いだ』と、さかんにいっていたのを、今でも、よく覚えていますよ。彼にいわせると、どこかに旅行して新幹線で、京都に帰ってくる。ところが、新しい京都駅に着くと、途端に、胸糞(むなくそ)が、悪くなるのだそうです。『何で、こんな巨大な墓石みたいなものを作ってしまって、それが、千年の古都京都の玄関口に、なるのか。こんなものは、すぐに壊してしまうべきだ』といっていたのを、覚えています。ただ、彼が嫌うもの、京都にふさわしくないものというのは、今の京都には、いくつもあるらしいので、今、彼が何をいちばん嫌っているのかときかれても、答えに窮(きゅう)しますね」

と、遠藤久矢は、いった。

そこで、十津川や本橋たちは、逆に、京都にふさわしいもの、京都人として、誇りに思うものは、何なのかを挙げていくことにした。それをしることで、逆に、捜(さが)している答えが見つかるかもしれないと、思ったからである。

そのために、京都を、よくしる人たちということで、次のようなメンバーを呼ぶことになった。

平安京(へいあんきょう)から、今の京都について、研究しているK大学の准教授、杉浦英介(すぎうらえいすけ)、四十八歳。

最近、三十二歳の若さながら、生花(いけばな)の藤田(ふじた)流の家元になった永田花穂(ながたかほ)。

東本願寺と、西本願寺の僧侶二人。

京都東寺の副管長。

また、京都が好きという人間だけでは、意見が、あまりにも、偏りすぎるのではないかという声もあり、最近、京都に進出してきたコーヒーチェーン店の、関西本部長、川島総一郎にも参加してもらった。

本橋警部は、まず一般的な考えとして、彼等に、

「京都にふさわしいと、思うものを、それぞれ、挙げてみてください」

と、いった。

十津川は、東京生まれ、東京育ちの人間だから、京都では、部外者である。その部外者である十津川がきいていても、彼等の挙げるものは、歴史的にも、文化的にも誇れるものが、あまりにも多いことに、改めて驚いた。

集まったメンバーの意見を、亀井刑事が、書き留めていった。

まず、伝統工芸である。

西陣織。京友禅。清水焼。京扇子。京人形。

京都の市街地には、逆に現代の会社や工場が、いくつかある。それは、電気、紡績、製薬と多岐にわたる。

京都はまた、学芸都市の面も持っている。その代表的なものとして、室町通には、呉服問屋があり、四条通、河原町通、寺町通、新京極などには、現代的な映画館や、レストランがあり、デパートもある。

京都は、都市であると同時に、近くに農村地帯も持っている。

農村地帯にいけば、京都名産の、カブやネギ、ナス、ゴボウ、ダイコンなどが、たくさん栽培されている。京都特産のものも多く、上賀茂のスグキナ、西山のタケノコ、丹波のクリ、マツタケ、北山スギなどが、よくしられている。

次は、毎年、三千五百万人以上の観光客を呼ぶ名所旧跡である。

洛中は、京都御所、二条城、賀茂神社、東本願寺、西本願寺、そして、五重塔のある東寺。

洛東は、平安神宮、八坂神社、知恩院、清水寺、三十三間堂、南禅寺、慈照寺。

洛西は、広隆寺、鹿苑寺、妙心寺、大覚寺、仁和寺、竜安寺、西芳寺、神護寺、大徳寺、修学院、桂離宮、三千院、鞍馬寺があり、洛南には、伏見稲荷、伏見の桃山陵、秀頼で有名な醍醐寺がある。

そのほか、桜の名所の、円山公園、嵐山、嵯峨野、鬼が出るといわれる八瀬、さらに、名所ではないが、京都の誇れるものとして、祭りがある。

葵（あおい）祭、祇園祭、時代祭が、京都の三大祭だが、小さな祭りならば、京都の至るところで、ほとんど、毎日のように繰り広げられている。

また、祭りとはいえないが、夏の大文字（だいもんじ）も、京都の誇れるもののひとつだろう。

ほかに、誇れるものといえば、大学がある。

京都の大学の多さは、おそらく、日本一ではないか？　なかでも、仏教関係の大学が多い。

そして、京都大学は、ノーベル賞の受賞者が、日本でいちばん多い、大学だといわれている。

亀井刑事が、メンバーの話をきき取って、作りあげたリストが、捜査本部の壁に、貼り出された。十津川は、それを見ながら、

「東京に生まれて、東京に住んでいる私なんかがこれを見ると、ものすごい量に圧倒されますね。京都には、こんなに誇れるものがあるんですね。しかし、逆に考えると、だからこそ、京屋一太郎のように、古都京都にふさわしくないもの、京都を汚（けが）すものは、早く、消えてなくなってしまえと考える人間が出てくるかもしれませんね」

京都府警の本橋警部は、同じように、そのリストを見て、

「今度は、皆さんが見て、古都京都に、ふさわしくないと思えるものを、挙げていた

だきたいのですよ。皆さんのなかには、答えにくいという方も、いらっしゃると思うので、これは、無記名で、挙げていただくことにします」

杉浦K大准教授や、藤田流の家元たちに、メモ用紙を配った。

京都にふさわしくないものを、ひとつだけでも構わないし、二つ三つとあれば、それを、全部書いてもらった。

その結果が、発表された。

いちばん多かったのは、やはり新しい京都駅で、二番目は、京都タワーが挙げられていた。

京都駅と京都タワーが、一位と二位になったのは、京都に住んでいれば、いやでも、この二つを、毎日のように、見ることになるからだろう。

三番目に多かったのは、飲食店の大手チェーン店、吉田屋(よしだや)だった。

コーヒーショップは、上位五位までには、入ってこなかった。

上位五つのなかに、ほかに、入っていたのは、最近、外国資本に買い取られてしまったホテルが、京都の雰囲気を壊していることが、挙げられていた。

この結果について、K大の杉浦准教授、東本願寺と西本願寺の僧侶たち、さらに生花の家元と川島総一郎に討論してもらうことになった。

この際、京都府警の刑事が発言のメモを取ることになったが、発言者の名前は、いちいち、明記しないこととした。そのほうが、本音(ほんね)が出るだろうと、思われたからである。

3

「新しい京都駅が嫌いなものの第一位になったということは、あの駅の、まるで、要塞のような巨大さが、関係していると思いますね」

「私もそう思います。京都という、千年の古都の駅としては、あまりにも、巨大すぎますよ」

「もうひとつは、あの京都駅のなかに、何もかも入ってしまっていることも、京都を愛する人にとっては、許せないんじゃありませんか。名店街もあるし、ホテルもある。それに、いかにも、外国人が設計したような感じがして、抵抗を感じてしまうんですよ。とにかく、明るくて、開放的なことを売り物にしていて、京都のもつ陰影(いんえい)がない。京都の表玄関としての、風格もなければ、落ち着きもない。そこに、違和感を覚えてしまうんじゃありませんか」

「たしかに、あの駅に入っていくと、やたらにやかましくて、せわしない感じがしますね。おそらく、それが、ワーストワンになった、理由じゃありませんか?」

「たしかに、駅のなかは、やたらにうるさくて、せわしないですね。京都という町の持っている、落ち着いた雰囲気とは、正反対の場所が、玄関になってしまいましたからね」

「烏丸口から、反対側の、東寺の五重塔が見えないということは、たしかに、昔を懐かしむ気持ちにさせますが、そのことは、新しい駅を嫌う理由には、あまり、なっていないと思いますね」

「二番目の、京都タワーですが、一時のような京都市民の嫌悪感は、なくなっているんじゃありませんか?」

「ええ、たしかに、そんな感じはしますね。いつの間にか、見慣れてしまっているのかもしれません。出現した時、醜いからすぐに取り壊せという声が、強かったのに比べると、京都人の、京都タワーに対する感情は、落ち着いてきています」

「私も、京都タワーは、たしかに、見慣れたので、そんなに、醜いとは思わなくなりましたが、タワーの下に、土産物の店とか、レストランとかが、入っているでしょう?　そのため、いついっても、修学旅行の生徒でいっぱいで、騒がしいのは、参りますね。京都らしい落ち着きというものが、まったくないのですよ」

「たしかに、新しい京都駅と同じで、京都タワーも、落ち着きがなくて、いついってもうるさいですよ。皆さんは、どう感じるか、わかりませんが、私はいやですよ。いきたいとは、思いません」

「飲食チェーン店の吉田屋が、上位五つのなかに入っていますが、若い人たちは、ほとんど、抵抗なく、食べに、いっているんじゃありませんか？」

「たしかに、吉田屋チェーン店は、早くて、安くおいしいというので、若者たちには、人気があるようです。しかし、あの大きな、ケバケバした看板だけは、どうにかしてもらいたいですね。周りのたたずまいとは、まったくずれてしまっています。もともと、京都の料理屋というのは、小さいが庭があり静かなので、落ち着いて食事ができるんです。吉田屋というのは、その正反対だから、京都に合わないというより京都を破壊していますよ」

「ほかにいえば、京都の飲食店というのは、中心街から、少し離れた場所か、混雑している、表通りではなく、裏通りにあるものでしょう。しかし、あの吉田屋は、京都の表通りに進出してるので、なおさら、あの大きくて、派手な看板が、目障りになるんです」

「その点、ここに、きていらっしゃる川島さんのコーヒーチェーン店なんかは、コーヒーショップということもあるし、表通りから少し引っこんで造られています。この会議で好意的に、見られているのは、そこにあるのではありませんか？」

「五番目に、入ってきたのは、ホテルです。最近、東京や大阪でも、そうなんですが、外国資本がどんどん入ってきて、ホテルの外観も、お客に対する応対も、ずいぶん変わってきてしまっているような気がします。それが、京都に合っていない時がある」

「京都のホテルで、私がいちばんいやだなと思うのは、Mホテルですね。昔のMホテルといったら、京都でいちばん古くて、格式のあるホテルで、サービスも素晴らしかった。ところが、外国資本に、買い取られたせいか、経営の仕方が、すっかりビジネスライクに、なってしまいました。先日、友人がきたので、久しぶりにMホテルにいったんですが、Tシャツにスニーカーという若い客が、ロビーを、ぞろぞろ歩いていて、ビックリしてしまいました。あんなことは、昔のMホテルだったら、絶対に、あり得ないことなんですけどね。あれもやはり、外国資本が入ってきたための、弊害(へいがい)だと思います。泊まる気がしません」

「たしかに、伝統あるホテルがああなってしまうと、長年、京都に住んでいる人間には、ちょっと興醒めで、友人にすすめられないですよ。外国資本になったとしても、昔どおりのしきたりで、やってもらえればいいのですが、残念です」

「パチンコ店、パチスロ店が上位に入らなかったのは、意外でしたね。私は、当然、入るのではないかと、思っていましたが」

「京都では、以前から、パチンコ店に対する規制は、かなり、厳しくやっていますからね。派手なネオンをつけるとか、大きな音を出すことは、許されていないのですよ。それで、最近は、前ほど問題にならなくなったんじゃありませんか？」

「いずれにしても、大きなものとして、京都駅と京都タワー、この二つが問題ですね」

4

K大の杉浦准教授たちに礼をいって、帰ってもらったあと、彼らの意見を参考にしながら、もう一度、捜査会議が開かれた。

「やはり、新しい京都駅が、一位になりましたね。おそらく、そうなるだろうと、予想はしていましたが」

と、十津川が、いった。

「さっき、誰かが、いっていたように、あの駅の大きさのせいですよ。それに、京都にくると、最初に目にはいりますからね」

と、京都府警の本橋が、いう。

「最近、出張で、東京にいったのですが、東京駅は、創建当時の、駅舎を復元していますね」

「東京駅の場合は、もともと重要文化財としての、指定を受けていましたからね。何年か前から、復元工事が進んでいたんですが、ようやく、完成に近くなりました」

「どうして、京都駅の場合は、そういう配慮を、しなかったんでしょうかね？　とにかく、周辺の景観との調和とか、古都京都の玄関口としての存在理由とか、そんなことはいっさい考えずに、ただ、便利なだけの、近代的な駅を造ろうとしたとしか、思えません。できれば、東京駅のように、してほしかったですけどね」

と、本橋が、いう。

「私のような東京の人間にも、そんな感じを受けますよ。たしかに、以前に比べて、便利にはなりましたよ。乗り換えも、簡単になりましたし、どのホームにも、自由に使えるエレベーターがついていますから、体の不自由な人でも、車椅子の人でも、自分のいきたいホームに楽にいくことができます。京都の町は、どこかほっとする雰気を持っているのに、京都駅のなかでは、ただやたらにせわしないだけで、ほっとする気分が、一向に湧いてきません。ただ音がうるさくて、いつも人がいっぱいで、ざわざわしているだけですよ。今もいいましたように、たしかに近代的になって、便利になったとは思いますが、どうしても、好きにはなれないんですよ。おそらく、私と同じように考えている市民は、多いんじゃありませんか」

「京屋一太郎が、脅迫状のなかで、挙げていたパチンコ店が、五番目までのなかに、入ってこなかった。それを、どう考えたらいいんでしょうか？」

松下市長が、ちょっと、不思議そうな顔で、いった。

「問題は、この投票の結果をどう見るかですね。警察としては、どう対応するつもりですか？」

松下市長が、府警本部長に、きいた。

本部長が答える。

「まず第一に、京屋一太郎のいうとおりに動くわけには、いきません。京都駅が、ターゲットだとしたら、あんな巨大な建物を、京屋一太郎の要求どおりに壊すなんてことは、到底できませんからね。もし、京屋一太郎の狙いが京都駅としたら、われわれは、京都駅に張り込んで、爆発物を、持ってやってくるかもしれない犯人の京屋一太郎を、京都駅で、逮捕するつもりでいます」

「京屋一太郎が、脅迫状のなかに、書いていたパチンコ店、パチスロ店は、どうするんですか？　先ほどの会議では、上位には、挙がっていませんでしたが」

松下市長が、本橋警部に、きいた。

「たしかに、上位に挙がっては、いませんでしたが、だからといって、もちろん、無視するわけには、いきません。当然、京都市内の、パチンコ店、パチスロ店には、刑事を張り込ませます」

「飲食チェーン店のケースも同じですか？」

「飲食チェーン店といっても、いくつかの、種類があると思うのです。そのなかで、いちばん派手に見えるのは、先ほどから、話題になっている吉田屋ですが、もし、吉田屋に、刑事を張り込ませると、京屋一太郎は、刑事が張り込んでいない、別のチェーン店を、襲うかもしれません。そこで、今まで、京都になかった、飲食チェーン店に、刑事を張り込ませることを考えています」

「もうひとつ、京屋一太郎が、脅迫状のなかに書いているのは、庭も自然もないマンションですが、これはどうしますか？」

松下市長の、質問に対しては、本橋警部と十津川とが、二人揃って、返事をすることにした。

「京都市内の、マンションについては、私と、本橋警部が一緒に見て回りました」

と、十津川が答えた。

「京都のマンションには、二つの種類があると、思いました。京都御所に近いような場所に建てられた、古いマンションは、庭もあり、自然を巧みに、利用して、うまく建てられています。こうしたマンションには、刑事を置く必要はないと思います。その点、最近建てられたマンションのなかには、狭い土地に、無理やり作った感じのするマンションも、あります。高さ制限があるので、東京のように、馬鹿高い高層マンションはありませんが、たしかに、庭もないし、自然との調和もありません。それでも、何とか京ふうに作ろうとして、玄関に工夫を凝らしているマンションが、いくつか、見られました。そうした努力の跡が、見られるマンションには、刑事を置く必要はないと思うのです。なぜなら、京屋一太郎自身、西陣の古い家を買い、それを改装して、住むつもりにしていましたから。それに対して、無理やりに作ったような、例えば、狭い敷地に、まるで鉛筆のような、細くて高いマンションができていたりする。そういうところは、要注意だと、思っています」

十津川の説明に、本橋が、言葉を加えて、

「十津川警部の意見に同感です。見て回ったところ、いくつか、気になったマンションがあったので、そこを、重点的に警備するつもりです」

問題の六月十五日になると、いくつかのマンション、飲食チェーン店など、捜査会議で決まったとおりに警戒すべき建物を決めて、そこに警視庁と京都府警と合同で、刑事を配置した。

六月十五日の午後一時に、犯人の京屋一太郎から、京都市長に、電話がかかった。

松下市長が、電話に出た。

「私が、先日、松下市長に要望したことが、今日に至るも、何ひとつ叶えられていないことをしって驚きました。私は、メッセージのなかで、こちらの要望が受け入れられないのならば、行動に移すと書きました。よもや、そのことをお忘れではないでしょうね？」

「それなら、君が、自分で、気に入らない建物を叩き壊したらいいだろう。できるものなら、やってみたまえ」

松下市長が、わざと、挑むようにいうと、相手は笑った。

「刑事が、張り込んでいる所へ、私が、のこのこ、出ていくと思っているのかね？」

と、いい、続けて、

「私の要求を拒否した市長に対して、報復することに決めた。私は、京都にふさわしくないものとして、パチンコ店や、飲食チェーン店などを、挙げたが、今回の報復は、それはやめて、市長さん、あなたに対して、報復するつもりだ」

「私に対して？　いったい何をするつもりだ？」

「今は、何をするかはいえないが、少なくとも、私の報復によって、おそらく、あなたは、市長の椅子を、捨てなくてはならなくなる。そうしたことを考えている。もう手遅れだよ。これから起こることは、すべて、市長、あなた自身の責任なんだ。これからすぐ、報復の準備に取りかかるから、防いでみたまえ」

それだけをいうと、京屋一太郎は、電話を切ってしまった。

再び、急遽捜査会議が開かれた。もちろん、松下市長も出席した。

最初に発言したのは、その、松下市長である。

彼は、録音しておいた犯人、京屋一太郎とのやり取りを、集まった刑事たちに、きかせてから、

「犯人の京屋一太郎は、報復に取りかかるといって、一方的に、電話を切ってしまいました。もうひとつ、彼は、前の脅迫状にあったパチンコ店や、飲食チェーン店など

は、やめて、新たに、私に対する報復を、計画して、実行するといっています。どんな報復を、京屋一太郎が、実行してくるか、それを、考えていただきたいのです」

「市長自身は、どうお考えになっていらっしゃるんですか？」

京都府警の本橋警部が、きいた。

「それなんですが、相手は、常に、市長の私を相手にしているので、私を殺すか、あるいは、市役所ごと爆破するか、どちらかではないかと、考えましたが、今、改めて、考えてみると、どうも、違うような気がしています」

「どうしてですか？」

「私を殺したり、市役所を、爆破したりするとしたら、それは、いってみれば、京屋一太郎の個人的な恨みを、晴らすことになってしまうからです。ところが、彼は、やたらに、今の京都を、正しい京都に戻したいとか、自分は、正しいことをしていると か、そんなふうに、思っているように、見受けられるのです。あとになって、個人的な報復だといわれないように、市長の私を殺すとか、市役所を、爆破するというようなことは、しないと、思うのです」

京屋一太郎の行方は、依然として、不明のままである。こうなると、電話での彼の言葉が、気になってきた。

彼は、報復するといったのである。はたして、どんな報復を、やるつもりなのか？　今までは、古都京都に、ふさわしくないものを、見つければよかった。しかし、今度は違う。

捜査会議でも、さまざまな意見が、飛び出した。

京屋一太郎は、松下市長への電話のなかで、報復を口にした。だが、松下市長自身は、自分を殺すとか、京都市役所が狙われることはないだろうという。

いちばん多かったのは、京都駅の爆破である。京都駅と考える理由を、十津川が、口にした。

「今回の電話のなかで、犯人の京屋一太郎は、報復という言葉を、使っていますから、今までのように、なるべく人を、傷つけないようにといった、そんな配慮は、しないのではないでしょうか？　むしろ逆に、たくさんの人命を犠牲にすることで、市長に、責任を問い、報復することを考えているのではないかと、思うのです」

「私も、今の十津川警部の意見に、同感です。京屋一太郎は、思い切った行動に出るのではないかと、思います」

と、本橋は、いい、続けて、

「そのためには、いちばんいいのが、京都駅です。京都駅というのは、年間四千万人近い観光客が利用している、京都の玄関口ですし、いつも観光客で、あふれていま す。修学旅行の団体にぶつかることも、あります。つまり、その人ごみのなかに、隠れてしまえば、京屋一太郎を見つけることは、困難です。彼が、駅のなかを歩いていても、発見することは、なかなか、できないでしょう。逆にいえば、京屋一太郎にとっては、もっとも逃げやすい場所ということにも、なります。それと、以前の事件の時にも、問題になったのですが、今回は、日時や場所が、限定されていませんから、犯人が、京都駅に発着する列車を、利用することができます。東海道新幹線では、京都駅の停車時間は、二分間です。犯人は、新幹線に乗ってきて、ドアが閉まる寸前に、爆弾をホームに、投げつけることも充分に、可能です。逆に、新幹線の車内に、爆弾を仕こんで、自分は、京都駅のホームに降りて、逃げてしまうことも可能です。そうしたことを考えると、私には、どうしても、犯人の、京屋一太郎が狙うのは、京都駅ではないかと考えざるを得ないのです」

と、十津川が、いった。

ほかには、京屋一太郎が、考えないといっているが、大手の飲食チェーン店、吉田屋が狙われるのではないかと考える刑事もいた。京都府警の若い刑事は、

「京都の町の、あちこちにある、あの大きくて派手な看板が、京屋一太郎にとって

は、目障りで仕方がないのではないか。それに、狙うのも簡単です。客として店にいき、食べ終わって、店の外に出る。その時に、テーブルの下に、爆弾を、置いて逃げれば、あとは、自動的に爆発して、周辺が、大騒ぎになります。そうなれば、爆弾テロを防げなかった責任は、京都市長にあると、メディアは、書き立てるに違いありませんから、犯人の、京屋一太郎は、松下市長に対する報復に、成功したことになります」

ほかにもいろいろな意見が飛び出したが、結論が出ない。捜査会議は、硬直してしまった。

そんな時に、捜査本部宛てに、電話が、入った。

京屋一太郎から、西陣の家を借りている篠原正孝からの、電話だった。京都府警の本橋警部が、電話に出た。

篠原正孝と土屋幸恵も東京の人間で、たまたま、京屋一太郎が、買った西陣の家を、家賃を払って、借りることになったカップルである。

篠原がいった。

「五、六分前に、電話がかかってきたんです。家主の、京屋一太郎さんからでした。いったい何の用事かと思ったら、京屋さんが、こんなことをいうんです。『二日後の六月十七日に、京都で、大きな事件が起きるから、君たちは怪我をしないように、一時的に東京に、帰っていたほうがいいだろう。そうしなさい』そういわれたんです。何のことかわかりませんが、一応、警察に、おしらせしておいたほうがいいと思って、電話をしました」

と、篠原が、いうのである。

この電話は、捜査会議の席上で、大きな問題になった。

松下市長が、こう発言したからである。

「六月十六日に、カナダの副首相夫妻が来日します。十六日は東京で、首相をはじめ政財界の要人と、懇談(こんだん)をする予定になっていますが、翌日の、六月十七日には、奥さん同伴で、京都に一泊、観光を楽しむために、やってくることになっているのです。ひょっとすると、京屋一太郎は、市長の私や、あるいは、京都市そのものに、報復のつもりで、京都で、カナダの副首相夫妻を、狙うかもしれません。そんなことになったら、国際問題になって、市長としての私の立場はなくなってしまいます」

第五章　ターゲット

1

警視庁捜査一課の十津川警部と、その部下の刑事合計七人は、すでに、半月近く、京都に留まっている。

東京と京都で起きた爆破事件で、プラスチック爆弾のはいった京人形を作った京屋一太郎が、依然として、京都から、動いていないように思えたからだった。おそらく、現在も京都のどこかで、京屋一太郎は、静かに、身を潜めているに違いないと、十津川は、考えていた。

京都府警にとって、今、いちばん気になっているのは、六月十六日に、来日するカナダの副首相夫妻が、その日、東京で総理や各界の要人と会い、翌日の十七日には、京都にきて、日本の古都の観光を楽しむ予定になっているというスケジュールが、発表されたことである。

京都府警は、このスケジュールに合わせて、京屋一太郎が、何かしでかすのではないかと考え、捜査会議を開いた。対応の万全を期したかったのである。

副首相夫妻、特に、ステファニー夫人が、京都の観光を楽しむために、どこにいくだろうかを考えた。

京都府警は、もし、京屋一太郎が、カナダ副首相夫妻に対して、何かしでかすとしたら、いつ、どこで、何をやるかということを、連日協議していたのだ。

警視庁の刑事たちは、わざと、その捜査会議には加わらなかった。

十津川が、捜査会議を、遠慮したのには、理由が、二つあった。

第一の理由は、京都で起きた事件は、京都府警が、主力となって捜査すべきであって、警視庁の、十津川たちは、あくまでも、その、補助として働くことが、望ましいだろうと思ったからである。

第二の理由は、カナダ副首相夫妻の京都観光に当たって、その警護をするのは、京都のことをよくしる地元京都府警刑事たちで、東京からきた、十津川たちの、やるべきことではないと、考えたのだ。

捜査会議に、出席しない代わりに、十津川と部下の刑事たちは、京屋一太郎という男について、彼のことをよくしる人たちに会って、彼の生まれ、育ち、性格、才能、女性関係などすべてを、一から調べ直すことにした。

京都府警の本橋警部に、そのことを話すと、

「京屋一太郎のことを、お調べになりたければ、京都の生まれで、京都のことをよくしっている刑事をひとり、つけましょうか？」

と、本橋は、いってくれた。

しかし、十津川は、丁重に、その申し出を、断った。

十津川は、何の先入観も持たずに、京屋一太郎という男を、調べたかったからである。

京都は、千年の古都である。その京都に育った人間なら、京都人がどんな性格か、どんな考え方をするかについて、充分にわかっているという、先入観を持っているに違いない。この際、そうした先入観は、むしろ排除して、京屋一太郎のことを、調べたかったのである。

今、京屋一太郎は、京都にふさわしくないもの、京都にあってはならない醜いものを、実力行使で、排除しようとしている。その主張は、いかにも、京都人という感じ

がするが、その一方で、いっさいの妥協（だきょう）をせずに、すべてを、排除してしまおうという考え方は、はたして本当に、京都人的なものかどうか？　それも、東京の人間の目で、見てみたいと、十津川は、考えていた。

十津川は、自分が先頭に立って、京都中を歩き回り、京屋一太郎と、接したことのある人物、あるいは、生まれた時から繋（つな）がりのある人物に会い、京屋一太郎について話をきき、それを集めて、何とか京屋一太郎という男の人物像を作りあげようと考えた。

二人ずつのコンビを作り、十津川は亀井刑事と二人でその作業を始め、部下の刑事たちも、二人ずつコンビを作って、京屋一太郎についての、情報を集めてくることになった。

十津川は、最初に、部下の刑事たちに、いった。

「京屋一太郎について、京都人的な、情報を集めるのではなくて、むしろ、彼のなかに、もし、京都人的ではないものがあったとしたら、それを重視して調べてこい」

京屋一太郎は、京都の祇園で、京人形の店を、経営していた両親のもとに生まれている。

この店の屋号は、京屋である。だから、京屋一太郎というのは、本名では、ないことはわかっていた。

彼の本来の姓は、一乗寺だった。

一乗寺一太郎というのが、京屋一太郎の本名なのである。

京人形の店、京屋は、すでになくなっている。父親は病死し、母親はその後、若狭の、親戚の家に引きこもってしまった。

一乗寺一太郎は、京人形の店、京屋の長男として生まれた。

高校を卒業したあと、一太郎は、京人形作りの名人といわれた、遠藤白石に弟子入りして、京人形作りのノウハウを、一から勉強した。

一乗寺一太郎の、京人形作りの才能は、師匠の遠藤白石も、認めたほどで、二十五歳の時には、早くも一人前の、京人形師といわれるほどになり、この頃から、一乗寺一太郎は、京屋一太郎と、名乗るようになった。

したがって、京屋一太郎というのは、いわば、屋号である。

今日、十津川が、亀井と二人で、会うことにしたのは、小雪という、芸妓だった。

一太郎の父親が、まだ元気で、京人形の店、京屋が、まだ儲かっていた頃、当時舞妓だった小雪を、一太郎の父親は、身請けしようとした。

しかし、その後、京屋の経営がうまくいかなくなり、父親も病死してしまったために、身請けの話も、自然と消滅してしまった。

小雪は、現在、自前で、芸妓を続けている。

本来なら、お茶屋に、小雪を呼んで、話をきくべきだろうが、捜査本部には、それほどの予算がないので、十津川は亀井と二人で、小雪が住んでいるマンションにいき、そこで話をきくことにした。

2

現在、小雪は、東山のマンションに住んでいた。

小雪は、毎日、午後一時すぎになってから起き、美容院で、髪をセットしてから軽い食事を取り、それから、お座敷にいくことにしているという。

そこで、十津川と亀井は、午後三時に、訪ねていった。

「景気のよかった頃には、旦那のなり手も、多くてよかったんですけどねえ、最近は、旦那になろうなんて人も、いなくなってしまって、私のように、自前で、芸妓をやっている人が多いんですよ。だから、お座敷に呼んでいただくのも、なかなか大変で、この業界も結構厳しいんですよ」

三人の会話は、小雪の、そんな、言葉から始まった。

「私たちが、きいたところでは、小雪さんは、以前、京人形の店をやっていた、一乗寺さんが身請けをして、旦那になることが、ほぼ決まっていたそうですが、それは、本当の話ですか？」

十津川が、きくと小雪が、笑った。

「ええ、本当です。でも、刑事さんは、ずいぶん古い話を、持ち出されるんですね。あの時、もう少しで、一乗寺さんが、私の旦那になるところでした。そうなっていれば、今頃は私も、左うちわで、暮らしていたかもしれませんね」

「その話は、今から、何年くらい前の話なんですか？」

「今から、もう、七、八年くらい前に、なるかしら」

「当時、京屋さんのところには、ひとり息子の一太郎さんが、いたはずですね。一太郎さんは、京人形作りの、名人といわれた遠藤白石さんの弟子になって、京人形作りを勉強していた。大変才能があって、二十五歳で、京屋一太郎を名乗るようになったと、きいたんです。その頃、小雪さんは、一太郎さんのことを、ご存じだったんじゃありませんか？」

「ええ、一太郎さんなら、よく、しっていましたよ」

「あなたから見て、京屋一太郎さんというのは、どういう人でしたか？」

十津川が、きくと小雪は、少し考えてから、

「そうですね、ひと言でいえば、ちょっと、危ない人かしら」

「危ない？　どんなふうに、危なかったんですか？」

「一太郎さんは、京人形作りの名人といわれた、遠藤白石さんが『一太郎は、おそらく、日本一の京人形の作り手になるだろう』といって、褒めていたくらいの、それはもう、才能のある人だったんですけど、彼には、ちょっと、妙な癖があって、それを、お父さんも心配していたんですよ」

「どんな妙な癖があったんですか？」

「京人形で必要なことというと、まず第一に、美しさですけど、それなのに、一太郎さんは、そういう京人形の美点を否定して、怖い京人形を、作ったりしていたんですよ」

「どんなふうに、怖い京人形を、作っていたんですか？」

「一太郎さんは、小野小町の人形を作ったりするんですけど、若くて美しい、小野小町と、歳を取って、醜くなった小野小町の、両方の人形を作るんです」

「そういえば、どこかのお寺には、老婆になった、小野小町の像が、あるときいたこ

とがありますよ」

「おそらく、一太郎さんも、同じことを考えたんだと思うんですけど、一太郎さんの作るその京人形は、カラクリに、なっているんですよ。美しい京人形があって、そのまま時間が経つと突然ガラッと変わって、なかから、老いさらばえた老婆の小野小町が、出てくる仕かけでした。たしかに、面白いんですけど、これでは、京人形のイメージを、壊してしまうでしょう？　それで、お父さんも、困ったし、師匠の遠藤白石さんも『そんな京人形を、作ってはいけない』と、よくたしなめていましたよ。一太郎さんという人は、誰に、何といわれようと、そんなことを、平気でやってしまうんですよ」

「しかし、京人形作りの腕は、たしかだったようですね？」

「ええ、今もいったように、遠藤白石さんも、認めていました。ただ、遠藤白石さんは『一太郎は、将来間違いなく、京人形作りの、名人になる。だが、たったひとつの欠点は、妙なことを考えることだ』と、おっしゃっていらっしゃいました」

「それで、一太郎さんが、何か事件を、起こしたようなことは、あるのですか？」

「今もいったように、小野小町の人形を作って、顰蹙を、買っていましたけど、ある時、イギリスの王室に、京人形を、差し上げる話が起きたんです。本来なら、いちばん、才能のある一太郎さんが、頼まれるはずなのに、一太郎さんには、何の話も、ありませんでした。つまり、腕はたしかだが、どんな悪戯をするかわからないということで警戒されてしまったんです」

「それは、よくわかります。美しい小野小町の京人形だと思っていたら、それがガラリと変わって、老婆の小野小町が出てきたら、イギリスの王室も、ビックリしてしまうでしょうからね」

と、いって、十津川が、笑った。

「ほかにも、一太郎さんが、顰蹙を買ったことが、ありましたか？」

亀井が、きいた。

「そういえば、こんなこともありましたよ」

と、いって、小雪が、話してくれた。

「ある時、京都のホテルが、外国の資本に買い取られてしまったことがあるんですよ。たしか、アメリカの資本で、新しく、オーナーになったアメリカ人の方に、二度か三度、お座敷に、呼ばれたことがあるんで、しっているんですけど、日本を、とても好きな、日本に、理解のある方なんですよ。それに、日本のお茶とか、生花とかにも、造詣が深くて『オーナー室には、ぜひ、美しい京人形を飾りたい』そうおっしゃいましてね。それで、お座敷に、呼ばれた時、私に、きくんですよ。『今、京人形の作り手で、いちばん腕のいい人は誰か？　それも、若い人に、作ってもらいたい』そういわれたんで、私は、一太郎さんを、推薦したんです。それで、一太郎さんが、オーナーのために、京人形を、作ったんですけど、できあがって、アメリカ人の、オーナーが見たら、顔は、たしかに京人形なんですが、体のほうは、ビキニの水着姿だったので、アメリカ人の、オーナーの方は、ビックリするやら、腹を立てるやらで、一太郎さんに、文句をいったんですって。それも、当然ですよね。そうしたら、一太郎さんは、そのオーナーに向かって『アメリカ人のあんたたちが、この京都で、やっていることは、この京人形と、同じことなんだ。だから、あんたに、文句をいう資格はない』と、啖呵を、切ったそうです。その後、一太郎さんは、京都から東京にいってしまいました。でも、京都では、その後始末が、大変だったそうですよ。市長さんが、ホテルのオーナーのところに、謝りにいくやら、京都の、京人形師の恥だからといって、代わりの立派な京人形を、作って、それを、プレゼントしたりやらで、大騒ぎになっていましたね」

「あなたは、京屋一太郎が、京都駅の一部を爆破したり、京都市長に、脅迫状を、送りつけたりしていることは、ご存じですか？」

「ええ、お座敷に、呼んでくださるお客様から、その話をききました」

「そのことを、小雪さんは、どう、思いますか?」

と、十津川が、きいた。

「一太郎さんの、考えていることに、なかには、賛成する人も、いるんですよ。最近、京都が、だんだん京都らしくなくなってきたと、そのことを心配している人も、大勢いらっしゃいますからね。でも、一太郎さんが、今やっていることは、間違っていると、思いますわ」

「どうしてですか?」

「本当の京都の人間は、もっと柔軟だって、私は思っているんです。それに、京都は、千年の古都ですけど、新しいことにも、チャンレジするところが、京都にはあるんです。そのことは、刑事さんだって、外から見ていて、おわかりになるでしょう?」

「そうですね、日本で初めて市電が走ったとか、最初に、水力発電所を作ったとか、たしかに、京都には、古いところもあるし、逆に、新しいところもある。そういう町だと、思っています」

「そうでしょう。そこが、一太郎さんには、わかっていないんですよ。いや、自分ひとりで、それを直してしまうことができると思っているみたいなんです。そんなことが、できるはずはないんです」

と、小雪は、いった。

3

十津川と亀井の二人が、次に会ったのは、三浦(みうら)という、D大学の准教授である。三浦は、中学、高校まで京屋一太郎と、同窓だったという男である。

三浦には、D大校舎の近くにある喫茶店で会った。

三浦は、二人に会うなり、いきなり、

「刑事さんは、京屋一太郎のことで、こられたんでしょう?」

と、いう。

「わかりますか?」

「わかりますよ。何しろ、ある意味、京屋一太郎は、今、京都でいちばん、有名な人間ですからね」

と、三浦が、いう。

「それはつまり、彼の味方も多いということですか？」

「そうですね、京都人から見ると、千年の古都京都が今になって、だんだんと崩れていっているのは、たしかですし、そのことを嘆いている人も、たくさんいますからね。刑事さんだって、東京から、京都に憧れてきて、見たくないものが、目に入ったりするんじゃ、ありませんか？」

「そうですね、他所者の私から見ても、今の京都は、京都的ではないものに、侵食されているような、気がしますよ。有名な外食産業のチェーン店も、表通りに、どんどん進出してきていますし、喫茶店も、前に京都にきた時は、昔からの老舗が、あるだけだったのに、今では、チェーン店のコーヒーショップが、何軒も店を、構えていますし、私なんかから見ると、今の京都駅が、どうにも、なじめないんですよ」

　と、十津川が、いった。

「そうでしょう。だから、陰で、京屋一太郎を支持している人もかなりいると思っています。ただ、彼のあのやり方は、顰蹙を買っています。あの強引なやり方は、一部の人間しか、支持して、いませんよ」

「三浦先生は、中学、高校と、京屋一太郎と一緒だったそうですね？」

「そうです。六年間、同じ学校で学びました」

「そんな、先生から見て、京屋一太郎という男は、どんな人間ですか？」

「まあ、ひと言でいえば、変人でしょうね。普通の人では、理解できないようなことを、平気な顔でいったり、やったりする、昔からそんな男でしたから」

と、三浦が、いった。

4

その頃、来日したカナダのロバート副首相夫妻は、総理大臣夫妻が主催した歓迎会に出席していた。

ロバート夫妻は、表向きは、休暇を楽しみに、来日したということになっていたが、歓迎会のあとでは、ロバート副首相は、日本の総理大臣や外務大臣などと、現在のアジア情勢について意見を、交換し合うことになっていた。

その間、妻のステファニーのほうは、総理夫人の案内で、江戸の風情(ふぜい)が、今もなお残っているという浅草(あさくさ)に、出かけていった。

夫妻が、都内のTホテルに、戻ったのは、午後七時すぎである。

この後、夫妻は、ホテルでゆっくり休み、十七日の早朝、新幹線で、京都に向かうことになっていた。

京都では、京屋一太郎の問題があって、一部には、ロバート副首相夫妻が、京都見物をするのは、危険ではないかという意見もあったが、東京では、この問題を、それほど、重大視はしていなかった。

所詮(しょせん)は、京都の問題であり、京屋一太郎は、京都の古いものを尊敬し、新しいものを、嫌っているふしがある。

その点、ロバート副首相夫妻は、古きよき京都を、訪ねてみたいと、来日前から、いっていたので、まさか、京屋一太郎が、ロバート副首相夫妻に、危害を加えることはないだろうと、軽く見ていたのである。

5

東京からきている捜査一課の三田村(みたむら)刑事と、女性刑事の北条早苗(ほうじょうさなえ)の二人は、若い京人形師の相原双托(あいはらそうたく)と、会った。

相原双托は以前、京人形作りの名人といわれた、遠藤白石の弟子だったことがあり、その時、同じく遠藤白石の弟子の京屋一太郎とつき合っていた。

当時、弟子は十三人いたのだが、相原は、そのなかでは、京屋一太郎といちばん親しかったといわれていた。

京屋一太郎と、気が合った理由を、三田村がきくと、相原は、こう答えた。

「私も、京屋一太郎も、新しい京人形を、作り出そうと考えていました。それで、たぶん、気難しい彼と、気が合ったのではないかと、思います」

「そうなると、相原さんも、京屋一太郎と同じように、若い頃の小野小町と、老いさらばえた、小野小町の二つの人形を、作ろうと考えたんですか？」

と、北条早苗が、きくと、相原が、苦笑した。

「私は、ただ単に、新しい京人形を、作りたかっただけで、人に、不快感を与えるような、そんな京人形を、作るつもりは、まったくありません」

「京屋一太郎とは、同じ京人形師として、いつもどんな話を、していたんですか？」

「彼は、普段から、無口な男だったので、話らしい話は、あまりしませんでした。今の時代に合った、京人形とはどういうものかとか、これから、どんな京人形を作りたいとか、そんな話を、時々しましたが、プライベートな話をしたことは、覚えていませんね」

「京屋一太郎の、京都にある醜いもの、京都にふさわしくないものは、すべて、破壊してしまおうという考え方については、どう、思われますか？」

　三田村が、きいた。

「彼の考えに、同調する人は、京都には、かなりいると、思うんです。だからといって、自分の嫌いなものは、すべて破壊してしまおうというのは、暴論ですよ。私は、反対ですね」

「では、あなたは、破壊する必要はないというわけですか？」

「例(たと)えば、京都タワーのように、建設した当時は、醜い存在だと非難されましたが、次第に、京都の町に、溶けこんでいくような建物だって、あるわけです。それに、どの建物だって、誰かが、必要あって建てたものですから、それを、無差別に壊してしまうというのは、間違っているし、少し乱暴すぎるのではないかと思っています」

「明日、カナダの副首相夫妻が京都にきて、特に、奥さんのほうは、京都の名所を見学して、回りたいといっていますが、京都の人間として、あなたは、どんなものを、見せたいと思いますか？」

　早苗が、きく。

「本来なら、京都のいいところも、悪いところも、かくさず、お見せするべきなんでしょうね。でも、明日一日だけだと、いわれていますから、やはり、京都のいいところ、日本的なところを、見学することになってしまうんでしょうね」

「例えば、京人形ですか？」

「私の作った京人形が、京都市長から、ロバート副首相夫妻に贈られることになっています」

とだけ、相原双托が、いった。

6

西本と日下の二人は、高校時代、京屋一太郎と机を並べ、卒業後も、京都で彼とつき合っていたという、友人の何人かと、会うことにした。

その多くが、今も京都で、商売をやっていた。

そのうちの四人に会い、忌憚のない意見をきいた。男性二人と、女性二人である。

ちょうど夕方の六時を回っていたので、スッポン料理の店で、食事をしながら、話をきいた。

「京屋一太郎の気持ちも、何となく、わかるような気がするんですよ」

と、いったのは、江戸時代から、京扇子を作っている家の主人だという、佐久間という男だった。

「最近の京都は、どんどん変わっていますからね。どこへいってもコンビニがありますし、パチンコ店があるし、ラーメンや牛丼のチェーン店があります。京都にやってくる観光客も、よく見ると、日本旅館に泊まっているのに、チェーン店で、ラーメンやカレーライスを食べています。このままでいくと、京都は、京都で、なくなってしまうのではないかと、考えてしまいます。そんな時には、京屋一太郎のいうことも、もっともだなとも思いますがね。だからといって、建物を破壊したり、人を殺したりしてはいけません」

と、佐久間が、いった。

ほかにも、佐久間と同じような意見を口にする者もいた。

そこで、西本刑事は、思い切って、四人にきいてみた。

「もし、あなたの家や、店に、京屋一太郎が、警察に追われて、逃げこんできたら、どうしますか？　彼を、匿いますか、それとも、警察に、通報しますか？　私たちは刑事ですが、それは気にせず、皆さんの思ったままを、遠慮なく、いってください」

すぐには、返事がなかった。

しかし、そのなかで、両親が西陣にいるという、女性が、答えた。

「もし、彼が、人を殺してきたり、建物を、壊してきたりして、警察に追われて、逃げてきたのなら、彼を匿ったりはしません。すぐ警察に、通報します。でも、彼が、そういうことをしていないのなら、匿うかも、しれません」

と、彼女が、いった。

「皆さんが、京屋一太郎と一緒に撮った写真があったら、持ってきてくださるようにお願いしておいたのですが、ありましたか？」

と、日下は、四人の顔を見た。

二人の刑事は、高校時代の写真には、あまり、興味がなかった。

京屋一太郎が、犯罪に、手を染め始めたのは、人形師に、なってからだからである。

四人の友人が、持ってきてくれた写真のなかでも、人形師になってからの、写真のほうに、二人の刑事は、興味を、感じた。

特に、二人の刑事が、注目したのは、二人の女性が持ってきた、三枚の写真である。そのどれにも、同じ三人の女性が、写っている。

「この写真のどこに、京屋一太郎がいるんですか？」

西本がきくと、二人は笑いながら、写真を、指差し、

「この真ん中の人」

と、ほとんど同時に、いった。

二人の女性たちよりも、少しだけ、背の高い和服姿の女性である。美しく、気品のある、女性だった。

「この女性が、京屋一太郎なんですか？　間違いありませんか？」

西本が、驚いて、きいた。

「間違いありませんよ。この女性は、京屋一太郎さんですよ。刑事さんが見ても、女性の私たちよりも、女性らしくて、綺麗に見えるでしょう？　それに、彼は、子どもの時から藤間流の踊りを、習っていたので、ちょっとした仕草も、女性に、なりきってしまうんです」

「この三枚は、どんな時に写したものですか？」

「何年か前に、京都に住む有志で、劇場を借り切って、劇をやったことがあるんですよ。その時に、女性以上に女性に見える彼を主役に抜擢して、三日間通しでやりました。彼は、戦国時代に、いちばん美しかったといわれるお市の方に、扮したんですが、本当に綺麗で、大人気でした」

女性のひとりが、いった。

「たしかに、この写真を見る限り、綺麗ですね」

日下たちは、その写真を借りて、持ち帰ることにした。

7

翌六月十七日は、梅雨の間の、日本晴れというのか、朝から雲ひとつない、快晴だった。

カナダの副首相ロバート夫妻が、新幹線で、京都に到着した時、京都駅には、京都市長や、お茶や生花の家元たちが、ロバート夫妻を出迎えた。

ロバート夫妻は、いったん、日本旅館に落ち着いたあと、夫のロバートは、京都で初めて、発電所が作られた場所や、京都御所などを、市長の案内で、回ることになり、京都見物に出かけるという夫人の、ステファニーのほうには、英語の堪能な、京都市長の秘書、村田晴美、三十歳と、京都府警から派遣された、こちらも英語が堪能な、女性刑事、前島由美子、三十一歳の二人が、同行することになった。

最初のうち、用心のために、京都府警は、あと二人か、三人の刑事を、警護に、当たらせようと考えたのだが、ステファニー夫人から、

「自分は、自分の足で京都を歩き、京都市民や観光客と、直接話をしたい。だから、あまり大げさな警備はしないでほしい」

という要望が、出されたので、警護には、女性刑事の、前島由美子ひとりだけを、当たらせることになった。

その前島刑事には、携帯電話を持たせ、おかしいことがあったら、すぐに、連絡するようにと、京都府警の本部長が、指示を出した。

カナダ副首相夫人ステファニーの京都見物が、始まった。

ステファニー夫人の京都見物は、午後一時に始まり、午後五時に、終わって、宿泊先の日本旅館に、戻ってくることになっていた。

ほぼ一時間おきに、前島刑事から、携帯を使って、京都府警本部に連絡が入ってくる。どれもこれも、呑気なものばかりだった。

ステファニー夫人は、自分が気に入ると、町なかでも、立ち止まって、そこにいる観光客や店の従業員、あるいは、托鉢をやっている僧などに、話しかけているという。

「特に、問題はありません。ステファニー夫人は、京都の観光を、心から楽しんでおられます」

前島刑事の、そんな報告をきいて、最初のうちは、心配して、ピリピリしていた、京都府警本部にも、次第に、ほっとした、空気が流れていった。

しかし、十津川は、しきりに時間を、気にしていた。

予定どおり、ステファニー夫人が、午後五時に、京都見物を終えて、日本旅館に戻ってくれればいいが、ひょっとすると、何か起きるのではないか？　そんな不安が、あったからである。

その十津川の不安が、的中してしまったのだ。

午後六時をすぎても、日本旅館のほうから、ステファニー夫人が、戻ったという連絡がないのである。

京都府警の本橋警部が、確認のため、宿泊先の日本旅館に、電話をかけたが、まだ、帰ってきていないという。

今度は、前島刑事の、持っている携帯にかけてみた。

しかし、なぜか、電話が、まったく、繋がらないのである。

圏外というのではなく、相手が、電源を切ってしまっているとしか思えなかった。

そうでなければ、踏み潰されて、捨てられてしまったのか？

慌てて、同行している、市長の秘書、村田晴美の携帯に、かけてみた。

ところが、こちらの携帯も、一向に、通じないのである。

京都府警本部は、騒然となった。

ステファニー夫人に、同行している村田晴美と前島刑事の携帯が、同時に、通じなくなるとは、とても考えられなかった。何か、アクシデントが、あったとしか、思えなかった。

本橋警部は、すぐに、松下市長に連絡を取るとともに、京都の市中を走り回っているパトカーに、緊急連絡をした。

「ステファニー夫人が、行方不明になったらしい。全車、大至急、全力を、尽くして行方を捜せ」

ステファニー夫人の写真は、前もって、京都府警の全刑事全警官に配ってあった。もうひとつ配ってあるのは、京屋一太郎の、写真である。

この二枚の写真を、参考にして、全力を尽くして、ステファニー夫人を捜すように、命令した。

まだ、誘拐されたかどうかはわからないので、パトカーは、サイレンを鳴らしながら走ることが、禁じられた。

十津川と亀井は、部下の刑事たちに、同じように、ステファニー夫人を、捜すようにと命令してから、京都府警本部の、壁にかかっている、大きな、京都市内の地図に、目をやった。

京都市内は、東京に比べれば、狭い。とにかく、東西南北すべての方向に、パトカーを、走らせれば、三十分で、周りの山々に、突き当たってしまうのである。

しかし、ひとりのカナダ人女性を捜すとなると、そんな狭い京都でさえも、やたらに広く、感じられてしまう。

それに、京都は、世界有数の、観光都市である。一年間の観光客数は、四千万人ともいわれている。単純計算では、一日に十万人以上の観光客が、京都を、訪ねてきていることになる。そのなかから、たったひとりの女性を、捜すのである。いや、正確にいえば、カナダ人女性ひとりと、日本人女性二人である。

「誘拐事件が起きたんでしょうか？」

小声で、亀井が、きく。

「まだわからないが、このまま、あと一時間も経ったら、そう、考えざるを得なくなるかもしれないな」

と、十津川が、いった。

午後七時、松下市長から、京都府警本部に、電話が入った。

「今、犯人から、連絡がありました」

と、松下市長が、いう。

その声が、少し震えてきこえた。

「犯人は、京屋一太郎ですか？」

京都府警の、本部長が、きいた。

「そうです。副首相夫人を、誘拐したと、いっています」

「それで、犯人から、金銭の要求は、あったんですか？」

「いや。金銭の要求は、ありません。前と同じですよ。京都にふさわしくないもの、醜いものを、市長の権限で、ただちに片づけろというんです」

「つまり、京都駅を破壊しろと、いうわけですか？」

「京都駅、それから、チェーン店の吉田屋、パチンコとパチスロの店、そんなものを、今から十二時間以内に、壊（こわ）してしまえといっています」

「そんなことをいっても、無理でしょう？　京都駅なんかは、どんなに、爆薬を使ったって、そんなに簡単に、壊せるものじゃありませんよ」

京都府警の本部長が、腹だたしげに、いった。

「それは、私も、同じことを犯人に、いいました」

「それで、相手は、どう、いっているんですか?」

「京屋一太郎は『全部を壊す必要はない。駅のホームや、そのほかの建物は、壊さなくてもいい。京都駅にとって、不必要なものを壊せばいい』と、いっています。『純粋に、鉄道関係以外のもの、あの巨大な京都駅のなかにある、ホテルやデパートや飲食店など、全部を、壊さなくてもいい。そのうちのひとつか二つを壊して、こちらに誠意を示せば、その時点で、ステファニー夫人を、すぐに解放する』と、犯人の京屋一太郎は、いっています」

「しかし、生きている人間が、ホテルにもデパートにも、飲食店にも、いるわけですから、できるはずがないでしょう?　それなのに、犯人は、そんな無理なことを、いっているんですか?」

「犯人は、十二時間以内に、実行しろといっています」

「それが、どうかしたんですか?」

「時間がくれば、京都駅の駅舎は、閉まります。ホテルは、深夜でも、開いていますが、デパートや、構内の飲食店は、夜になれば店を閉めますから、爆破しようとすれば、できないことはないのです。それを考えて、十二時間以内と、犯人は、決めているんですよ」

まるで、犯人のいい分を、説明している感じで、松下市長が、いった。

8

関係者全員が、京都市役所に、集まることになった。

京都府警の本部長をはじめとして、本橋警部や、あるいは、警視庁の十津川警部などが、市長室に、集まった。

どの顔も、重苦しい感じになっている。誰の頭にも、いい解決策が、浮かんでこないのである。

本橋警部が、

「ご主人の、ロバートさんには、しらせたんですか？」

と、松下市長に、きいた。

「ロバートさんには、まだ、しらせておりません」

「ロバートさんは、すでに、旅館に戻ってきているんじゃありませんか？」

「そうです」

「当然、奥さんの帰りが、遅いことをきくと思いますがね？」

「旅館の女将の話によれば、すでにきかれたそうです。『どうして、妻が、帰っていないのか？　何かあったのか？』と、きかれたそうです」

「それで、女将は、どう、答えたんですか？」

「女将は、こういったそうです。『京都には、お茶屋さんがあって、そこでは、お客さんが、舞妓さんや、芸妓さんを呼んで、踊りを見たり、歌をきいたりして、楽しむのです。どうやら、ステファニー夫人は、そのお茶屋さんに、あがって、舞妓さんや芸妓さんの歌や踊りを、楽しもうとしているらしいのです。それで、帰りが遅くなっているようです』と」

「それで？」

「ロバートさんは、夫人が、京都の観光を、とても楽しみにしていたからと考えて、旅館の女将の話を、信用したらしいです。ただ、関係者たちが、そのお茶屋さんにいってみたいといわれたら、困ったことになるんですが、幸い、ロバートさんは、今日一日の行動で、疲れたらしく、しばらく、部屋で休むといわれたそうです。それで、旅館の女将も、ほっとしています」

「それにしても、どうして、こうも簡単に、副首相夫人の、ステファニーさんが、誘拐されて、しまったんですかね？　同行しているウチの、女性刑事にも、市長の女性秘書にも、京屋一太郎の写真を持たせて、用心するようにと、いってあったわけでしょう？　それなら、京屋一太郎が、ステファニー夫人に、近づいてきたら、どうして、府警本部や、この、市長室に、連絡してこなかったんでしょうか？　まさか、二人とも、眠っていたというわけではないでしょうね？」

本橋が、刑事たちを見すえてきいた。

「たぶん、このせいですよ」

十津川は、西本と日下が、京屋一太郎の友だちから、借りてきた三枚の写真を、本橋警部に、見せた。

「この女性が、どうかしたんですか？」

不思議そうに、本橋警部が、きいた。

「その写真に写っている真ん中の女性が、実は、京屋一太郎なんです。その写真を、見てもわかるように『彼が女装をすると、誰が見ても、本物の女性のようにしか、見えなかった』と、彼の友だちが、いっています。今日は、京屋一太郎が、女装をして、ステファニー夫人に近づいていったのではないかと、思います。その写真は、ただの、女装ですが、彼が、祇園の芸妓にでも、扮していたら、誰が見ても、男だとは、わかりませんよ。ステファニー夫人は、舞妓や芸妓に興味を持っていたそうですから、自分のほうから、声をかけて、近づいていったのかもしれませんからね。そうなら、そばにいた、府警本部の女性刑事も、市長の女性秘書も、まさか、そこにいるのが、警戒すべき相手の京屋一太郎だとは、思わなかったのではないか。これが当たっていれば、簡単に、ステファニー夫人の誘拐も、できたのではないかと、思いますね」

十津川が、いうと、

「参ったな」

と、本橋警部が、溜息をついた。

「京屋一太郎は、京都市内に、潜伏しているはずなのに、いくら捜しても、見つかりませんでした。われわれは、それが、不思議だったんですがね。彼が、この写真のように、女に化けて、生活していたとすれば、見つからなかったのも、当然でしょう。われわれ警察は、男の京屋一太郎を捜していて、女の京屋一太郎は、捜していませんでしたから」

松下市長と京都府警の本部長が、その写真を見ていたが、松下市長のほうが、盛んに、首をかしげている。

「たしかに、この女性を見て、これが、京屋一太郎だとわかる人は、まず、いないでしょう。しかし、ひとりで、ステファニー夫人や、私の秘書、あるいは、京都府警の女性刑事の三人を誘拐するのは、難しいのではありませんか？　たぶん、今回の犯行には、共犯者が、いるのではないかと、思いますね。共犯者がいたからこそ、三人の女性の誘拐が、できたんだと思います」

「ええ、その点は、同感です」

京都府警の本部長も、うなずいた。

亀井が、小声で、十津川に、いった。

「京都市内を、歩いていると、偽物の舞妓や芸妓に、ぶつかることがあるんです。いわゆる、観光舞妓ですよ。京都に観光にきた女性のなかには、舞妓や芸妓の格好をして、歩いてみたいという人がいて、それに対応する店がたくさん、あるそうです。また、外国人なんかは、観光舞妓や観光芸妓を本物と間違えて、写真に、撮ったりしているそうです。だから、犯人の、京屋一太郎は、芸妓の格好を、していたのではないかと、思いますね。ほかにも、二人か、三人、同じような格好をしていた女性が、いたんですよ。それを、ステファニー夫人は、本物の舞妓か芸妓だと、思いこんでしまって、自分のほうから、声をかけたのではないでしょうか？」

亀井の言葉に、十津川は、黙って、うなずいた。

そうした状況なら、ステファニー夫人をはじめ、二人の女性も、相手に対して、何の警戒心も持たなかったに、違いない。本物と間違えて、一緒に写真を撮ったりして、仲よくなったのでは、ないのか？

そうした状況を作っておいてから、京屋一太郎は、車を使って、三人の女性を、どこかに連れ去ってしまったのだろう。

京都府警では、急いで、十津川が渡した写真、そのなかの女装をした京屋一太郎の写真を何枚も、コピーして、京都府警の、刑事や警官に渡すことにした。

そうした作業の最中に、東京の三上刑事部長から、十津川に、電話が入った。

「カナダ副首相夫人が、京都で、誘拐されたというのは、本当なのか？」

三上が、いきなり、きく。

十津川は、市長室を出ると、廊下で、電話に答えた。

「その話を、部長は、どうして、ご存じなんですか？」

「じゃあ、本当なのか？」

「本当です」

と、十津川が、いった。

たぶん、旅館に戻っているロバート副首相が、いつまで経っても、妻のステファニーが、帰ってこないので、旅館の女将を責めたのでは、ないだろうか？　それで、仕方なく、女将が、話をしたのではないのか？

「誘拐犯人は、やはり、例の、京屋一太郎なのか？」

「そうです。その犯人から、京都市長に電話がかかって、きています」

「どんな電話だ？」

「前と同じように『京都にふさわしくない建物は、すぐに、壊してしまえ。十二時間の猶予（ゆうよ）を与えるから、その間に、要求の何分の一でも壊したという実績を残せば、今回に限って、人質のステファニー夫人を、解放する』と、いってきたそうです」

「京都市長に、はたして、そんなことが、できるのかね？」

「わかりません。現在、市長室に関係者が集まって、協議をしています」

「何かわかったら、すぐに、こちらに、しらせてくれ。こちらのほうは、ヘタをすると、日本政府が、カナダ政府に対して、謝罪しなければならなくなってしまう。一刻も早く、ステファニー夫人を、見つけ出して、救出してくれ」

三上が、電話を切った。

十津川が、市長室に戻ると、松下市長が、甲高（かんだか）い声で、喋（しゃべ）っていた。

「何とかして、今から、十二時間以内、いや、もうあと、十一時間しかありません。

その間に、ステファニー夫人を、助け出さないと、大変なことになります。犯人が、身代金を要求しているというのであれば、何とかできるのですが、犯人の要求が、京都にふさわしくないものを、壊せということですから、いくら市長でも、私の一存では不可能です。追い詰められたら、私は、市長をやめるしか、ありません。ですから、一刻も早く、どんなことをしてでも、犯人を見つけ出し、ステファニー夫人を、助け出してほしいのです」

松下市長の言葉は、まるで、悲鳴のようにきこえた。

第六章　古都炎上の夢

1

松下市長の要請で、急遽(きゅうきょ)、二度目の捜査会議が、以前と同様、京都市役所の市長室で開かれた。

集められたのは、前と同じように、京都府警の刑事たちで、警視庁からきた十津川と亀井も、参加した。

まず、松下市長が、二回目の捜査会議を開くことになった理由を、説明した。

「犯人は、カナダ副首相夫人を誘拐して、犯人が憎んでいるもの、京都らしくないもの、それは例(たと)えば、パチンコ店とか、外食産業のチェーン店とかですが、そういう店を一軒でもいいから、市長の権限で、十二時間のうちに、潰(つぶ)してみせろと要求してきました。犯人の要求が、意外に小さいものだったことは、おそらく、人質に取ったのが、カナダの副首相夫人だったからだと、考えられます。下手をすると、国際問題になりますからね。しかし、いくら市長の権限でといっても、パチンコ店一軒でも、あるいは、外食チェーンの店一軒でも、そう簡単に、潰すことはできません。しかし、潰さなければ、犯人は容赦なく、カナダ副首相夫人を、殺害するでしょう。それを防ぐために、ひとつの計画を立てました。その計画に、警察も、ぜひ協力してほしいと思っているので、今からその計画についてお話しします。それに、警察が協力できるのか、それとも、協力は難しいかをおききしたいのです」

「わかりました。その計画というのを、おききしましょう」

京都府警の本橋警部が、いった。

「京都の真ん中、新京極通が、三条通とぶつかる、少し手前に、一軒のパチンコ店があります。店の名前は、ビクトリー新京極店です」

松下市長は、その店の写真を、全員に配った。

「この店が、最近、売り上げが伸びないことに悩んで、思い切って、店を大改造するという情報を、耳にしました。そこで、この店のオーナーに会って、協力をお願いすることにしたのです」

「どんな協力ですか？」

「私、京都市長が、このパチンコ店のオーナーに、あなたの店は、京都の雰囲気にそぐわない。至急、店をたたんで京都から撤退してほしいという要望を出し、それを、オーナーが、いやいやながら、私の命令にしたがってもらうことにしたのです。もちろん、これは、あくまでも芝居ですよ。今から犯人の要求した、十二時間、いや、すでに二時間が経ちましたから、今から、十時間以内に、この店を、壊し始めます。犯人が、納得して、ステファニー夫人を無事に解放したら、その時点で、破壊を改造に、変えてもらうことにする。そういう約束を、オーナーと、取り交わしてきました。どうでしょう？　私のこの計画に、皆さん、賛成して、いただけますか？」

松下市長が、集まっている、刑事たちの顔を見回した。

京都府警の、本橋警部が、まず答えた。

「今回の犯人である京屋一太郎ですが、かなり頭の切れる人間だと、思っています。また、彼には、何人かの、共犯者がいるのではないかと考えます。犯人は、市長の命令で、パチンコ店や、外食産業のチェーンの店が、そう簡単に撤去できないことは、ちゃんと、わかっているはずです。ですから、芝居だということを、見破って、しまうのではありませんか？」

「その可能性も、考えました。たしかに、現在の法律では、市長の私が、ノーといっても、パチンコ店や、今いわれたような大手の外食産業のチェーン店が、すぐに、撤去されるようなことは、ありません。そこで、私は、犯人が、納得するような方法で、このビクトリー新京極店という、パチンコ店の撤去命令を出すことにしたのです」

「どんな方法ですか？　いくら京都市のためでも、何も悪いことをしていない、パチンコ店のオーナーに撤去命令を出せないでしょう？　向こうが法律に触れることをしたので、市長命令で、撤去させることになれば、犯人は、納得するかもしれませんが、それでは、オーナーが協力しないんじゃありませんか？」

「もちろん、それは考えました。協力してもらうパチンコ店には、法律に触れるような事件は、いっさい起こさせません」

「それでは、どうやるんですか？」

「このビクトリー新京極店には、駐車場がありません。したがって、車は使えませんが、バイクを使います。パチンコで損をした者が、腹を立てて、三条通から新京極に入ってすぐのところにある、このパチンコ店にバイクをぶつけて、入口のガラスドアを破壊してしまったということに、するんです。その者を、京都府警が、逮捕する。

この事故を受けて、市長の私が、京都の真ん中で駐車場のないパチンコ店は、危険だから、ただちに、撤去してほしいと、オーナーに、要望します。それで、撤去作業が始まります。こうすれば、犯人は納得するんじゃありませんか？」

「それで、バイクをぶつける人物は、すでに、決めているんですか？」

「市役所にも、パチンコの好きな人間がいますから、最初は、その人物に犯人役をやらせようと思いました。しかし、事件となれば、当然、新聞が、報道するでしょうから、その時、京都市役所の、人物だとわかれば、今回の犯人に、疑惑を持たれてしまう恐れがあります。ですから、そのあたりを考慮して、別の人物に、しました。スタントマンです」

「それで、いつ始めますか？」

「すでに二時間が、経ってしまっていますから、早急に実行したい。今から、一時間以内に、スタントマンが、バイクで、問題のパチンコ店に、突っこむことになっています。市役所とは、まったく、関係のないスタントマンですよ。タレントのなかには、かなりの数の、パチンコ好きがいますから、怪しまれることはないと、思います」

と、松下市長が、いった。

このあと、松下市長の計画について綿密な打ち合わせをし、松下市長が電話で、計画の実行を、指示した。

2

計画は、実行された。

実行犯役になったのは、スタントマンの、加藤武である。

加藤武は、四十歳のパチンコ常連客で、パチンコに入れあげた挙句に、かなりの額の、借金ができていたということで、そのことを恨んで、バイクに乗り、三条通から新京極通に入ったところにあるビクトリー新京極店に、バイクを突っこませた。

これが計画どおりに、実行された。

パチンコ店の正面は、ガラスが割れ、店員ひとりが、軽傷を負った。

京都テレビが報道した。

松下市長は、パチンコ店のオーナーを、市役所に呼びつけて、

「駐車場のないパチンコ店というのは、危険極まりない。今回のような事件が再発する恐れがあるので、速やかに、店を閉め、ただちに、京都から撤退してほしい」

と要求した。

パチンコ店のオーナーが承諾するところも、ニュースとして、テレビ局が放送した。

問題は、このことを、犯人の京屋一太郎が信用するか、どうかである。

信用して、ただちに、カナダ副首相夫人が解放されれば、松下市長の計画は、成功したことになる。

犯人が区切った時間十二時間のうち、これまでに五時間が経過しており、残された時間は、七時間である。

松下市長も、京都府警も、そして、十津川たちも、ステファニー夫人が解放されることを、ひたすら、待った。

しかし、なかなか犯人が、ステファニー夫人を、解放する気配がない。

犯人から電話がかからないし、夫人本人からも、電話が、かかってこないのである。

一方、松下市長の計画が、続行しているように見せるために、パチンコ店は、臨時休業になり、建物の周りに、青いシートが張り巡らされ、そのなかで、実際に、重機を使った店の解体が、おこなわれていた。

オーナーにしてみれば、もともと、大改造を考えた店である。その費用を京都市が肩代わりしてくれるのだから、自分が、多少は悪者になったとしても、これは、悪い話ではない。

重機が動いている音が、店の周りにも、きこえている。

それでもなお、依然として、犯人からの連絡は、入ってこない。

七時間が経過した。残り時間は、あと五時間足らずである。

犯人は、なぜ、連絡してこないのだろうか？

新京極のパチンコ店が、市長の命令で、撤去されることになったことを、犯人は、信じないのならば、かえって、犯人は実行を迫る電話を、かけてくるのではないのか？

信じていないのだろうか？

松下市長は困惑し、三回目の捜査会議が、市長室で、開かれた。

松下市長は、疲れ切った、憔悴した顔をしていた。

「犯人は、私のやったことを、信じていないのでしょうか？　私の計画が、まずかったのでしょうか？」

松下市長が、刑事たちの顔を見回す。

そんな市長をなぐさめるように、京都府警の本橋警部が、いった。

「パチンコに入れあげた人物が、自棄を起こして、バイクで、パチンコ店に突っこんだことは、すでに、テレビのニュースが、二回も放送していますよ。市長が、パチンコ店のオーナーに対して、京都からの撤退を命じたことも、メディアが流しています。それに、問題のパチンコ店の前には、野次馬が集まっているそうです。犯人は、自分の要求が、受け入れられたかどうかを、しりたいでしょうから、テレビのニュースを、見ているはずです。ですから、犯人は、新京極のパチンコ店に、バイクが、突っこんでいったことは、間違いなく、しっているはずですし、市長が、店のオーナーに、京都からの撤退を申し渡したことも、しっているはずです。私の家内なんかは、テレビのニュースを見て、パチンコ店が一軒なくなって、せいせいすると、喜んでいましたよ。今回の事件は、作られた事件ですが、家内が、疑っているような様子は、どこにも、ありませんよ。ですから、犯人は、疑ってはいないと思います」

と、本橋が、いった。

「そうだといいんですが」

「犯人は、十二時間という時間を区切ってきました。その時間を、思いっきり引っ張って、十二時間、ぎりぎりまで使って、市長が命令を守っているかどうか、パチンコ店や、全国展開の外食産業のチェーン店が、一軒でも潰れるかどうかを、見守っているんだと思いますよ。たぶん、十二時間きっかりに、犯人は、連絡をしてくるんじゃありませんか」

「十津川さんは、どう、思われますか？」

松下市長が、きく。

「私も、本橋警部の意見に、同感です」

「それなら、どうして、ステファニー夫人は、解放されないんですか？」

「それは、今、本橋警部がいわれたように、犯人は、市長を焦らして、楽しんでいるのかもしれませんよ。それに、本当に自分の要求が、実行されているかどうかを、現場の新京極にいって、確かめているのかも、しれません。京屋一太郎が、自分でいくとは思えません。われわれに、顔をしられていますし、現場には、現在、京都府警の刑事たちが、張り込んでいますからね。そんなところに、顔を出したら、すぐに、逮捕されてしまいます。京屋一太郎は、頭の切れる男ですから、そんな馬鹿なことはしないはずです。ですから、現場を見にいっているのは、京屋一太郎本人ではなく、彼の考えに、共鳴している、共犯者だろうとは思っています」

「京屋一太郎に、本当に、共犯者が、いるんでしょうか？」

松下市長が、きく。

「私は、東京の人間ですから、京都の人たちの気持ちというものが、よくわかりませんが、一般的にいわれているのは、京都には、いけずの文化があるということでしょう。いわゆる、意地悪文化が、あるということですね。したがって、京都市民のなかにも、京屋一太郎に、共感を覚えている人が、かなりの数、いるんじゃありませんか？　私自身、京都にきて、それらしい意見を、何人もの人からきいています。ですから、京屋一太郎が、リーダーで、何人かの、共犯者がいるのではないか？　共犯者のひとりか二人が、新京極の現場にいって、本当に、パチンコ店がこわされているのかを、確認しているのではないかと思いますね。そのあとで、ステファニー夫人を、解放するつもりではありませんか。ですから、あと三時間でも四時間でも、その時間の長さは関係なしに、ステファニー夫人は、解放されるだろうと、考えています」

十津川は、松下市長を、励ますようにいったし、京都府警の本橋警部も、松下市長の計画が、犯人に、見破られているはずはないと、いった。

残り時間は、こうやっている間にも、どんどん消えていく。

それなのに人質に取られているステファニー夫人が解放されたという情報は、どこからも入ってこなかった。

3

全員が、壁にかかっている時計に、目をやった。

「あと六分」

と、刑事のひとりが呟いた。

秒針が回っている。

ジャスト十二時間が経過し、壁の時計が、時報をしらせるチャイムを、鳴らした。

いつもは、チャイムが鳴らないようにしてあるのだが、今日は、松下市長が、自分で、十二時間経った時に、チャイムが、鳴るようにセットしておいたのである。

壁の時計を、見つめていた松下市長や、市長の秘書、そして、刑事たちの目が、今度は、テーブルの上の電話機に向けられた。

しかし、その電話は、一向に鳴らないのだ。

こうなってくると、松下市長だけではなく、刑事たちの間にも、苛立ちが、見え始めた。

部屋は、静まり返ってしまった。

「誰か、何か、いってくれませんか？」

沈黙に、耐えかねたように、松下市長が、刑事たちを見回した。

「私の計画が失敗したために、犯人を怒らせ、その結果、ステファニー夫人が、危険な目に、遭わされるなんてことはありませんよね？」

松下市長の声が、だんだん、大きくなっていく。

「ちょっと、待ってくれませんか」

と、十津川が、声をあげた。

松下市長が、十津川の顔を、睨むような目で、見る。

「十津川さんは、どう、思っていらっしゃるんですか？　私の計画が失敗したと、思っていらっしゃるんですか？　ステファニー夫人は、いつ、解放されると思いますか？」

「全部、間違っているような気がするんです」

「間違っているって、どこがですか？　十津川さんが、おっしゃりたいことは、つまり、私の計画が、間違っていたということですか？」

「いや、そういうことじゃありません。今、考えたのですが、われわれは、犯人の目的を間違って、受け取っていたんじゃないかと、思っているんです」

「十津川さんが、何を、おっしゃりたいのかがわかりません。わかるように、説明してください」

「犯人は、京都を楽しむために、やってきたカナダ副首相の、ステファニー夫人を、まんまと、誘拐しました。人質は、ほかに、京都市長の秘書の女性と、京都府警の、女性刑事の全部で三人の女性です。それに、何といっても、ステファニー夫人は、最も大きな、人質です。ヘタをすると、国際問題に発展してしまいますから、こちらも慎重に行動せざるを得ません。しかし、それにしては、犯人の要求が、やたらに、小さくて、遠慮深いことが、不思議でした。犯人は、こんなことをいったんですよ。『市長の権限といっても、そんなに、大きくはないから、今回はパチンコ店が一軒でも減れば、それで充分だ。それができたら、人質は解放してやろう』と。しかし、よく考えると、ちょっと、おかしな話じゃありませんか？　今も申しあげたように、ステファニー夫人という、大物の人質を、苦労して、手に入れたんですよ。それなのに、犯人は、どうして、こんな小さな要求しか、出してこなかったんでしょうか？」

「それは、犯人が、冷静で、計算高いということになるんじゃありませんか？」

と、松下市長が、いった。

「私も、そう思いますね。それだけ、犯人は冷静なんですよ。ステファニー夫人を人質に取ったからといっても、大きな要求をしても、おそらく、京都市長には無理だろう。そう思ったから、犯人は、小さな要求を、出したんですよ。その小さな要求が通れば、もう少し、大きな要求を出す。あとは徐々に、要求を大きくしていくつもりですよ」

と、本橋警部が、いった。

「それなら、どうして、人質を解放しないんでしょうか？」

十津川の言葉で、今度は、松下市長と京都府警の、本橋警部が、黙ってしまった。

十津川が、言葉を、続けた。

「繰り返しますが、犯人は、ステファニー夫人を誘拐しました。しかし、その目的は、犯人の言葉を受けて、われわれが考えていることとは違っているのではないか。つまり、犯人は、われわれを、騙したと考えたんです。大物の、人質を手に入れたのに、犯人は、パチンコ店や飲食店が一軒撤退すればそれでいいと、市長にいったのです。しかし、あれは嘘だと、私は、思いました。われわれや市長を安心させるために嘘をついて、犯人は、われわれを、騙しているのです。犯人の目的は、別のところにあるんですよ」

「別のところって、それは、どういうことですか？」

松下市長が、きいた。

4

「犯人は、われわれが考えている以上に、ずる賢いんですよ。犯人は市長に、パチンコ店か外食産業のチェーン店の一軒でも、京都から追放すればいいと、いっています。そんな要求をすれば、われわれが必死になって、今回、市長が、お考えになったような、計画を立てるだろう。われわれが、パチンコ店、あるいは、外食産業のチェーン店一軒を、撤退に見せかけて、犯人を騙そうと考えるに違いない。犯人は、そこまでちゃんと読んでいるような気がするんです。犯人の思惑どおりに、われわれは、十二時間、いや、それ以上の、時間を使って店の改造を、計画しているパチンコ店を見つけ、いかにも、市長の命令で、撤退するかのような、そんな芝居を、打ちました。犯人が、われわれの計画に、まんまと、騙されることを期待しました。つまり、われわれの注意は、問題のパチンコ店、ビクトリー新京極店に、向けられてしまった。何とか、本当らしく見せかけて、犯人を騙してやろうという一心ですから、どうしても、問題の、パチンコ店に、注意がいってしまいます。その間に、犯人は、まったく、別のことをやっていたに違いないのです」

「まったく別のことって、何ですか？」

と、松下市長が、きいた。

京都府警の、本橋警部は黙って、十津川の顔を、見つめている。

「京都駅の爆破です」

と、十津川が、いった。

5

「京都駅の爆破――ですか？　しかし、そんな大きなことができないから、犯人は、私に対して、パチンコ店の一軒でも、京都から追放したら、それで許してやろうと、いったんですよ」

松下市長が、首をかしげている。

「市長のおっしゃるとおり。犯人は、京都駅の爆破のような、大きなことはできないからと自分で、いっていたんですよ」

本橋警部も、首をかしげている。

「そのとおりです。普通の手段では、あの巨大な京都駅を、爆破することは、できません。第一、駅全体に、人の目があります。特に警察の目です。そんななかで、京都駅の何カ所かに、爆弾を仕かけることは、難しいでしょう。ですから、犯人は、まず、ステファニー夫人を、誘拐しました。その人質を使って、市長に、パチンコ店の一軒、あるいは、外食産業のチェーン店の一軒でも、京都市内から追放できたら、許してやる。人質を返してやると、約束しました。そうすれば、市長の関心も、警察の関心も、京都市内にある、パチンコ店か、あるいは、外食産業のチェーン店に、向けられる。犯人は、その間に、悠々と、あの巨大な、駅ビルの何カ所かに、爆弾を、仕かけたのだと、思うのですよ。そう考えなければ、犯人の沈黙が、理解できません」

十津川が、いった。

「しかし、あの巨大な駅をですか?」

と、松下市長がいい、続けて、本橋警部が、

「ウィークデイでも、あの駅ビルは、乗降客がたくさんいますし、デパートや名店街、あるいは、ホテルを利用する人々が、たくさん集まっています。そんな巨大な駅ビルを、爆破できるものでしょうか?」

「犯人は、やるつもりですよ」

と、十津川が、いった。

「今も、申しあげたように、犯人は、まず、爆弾を、駅ビルの何カ所かに、仕かけたのです。そのために、犯人は、市長や、われわれ警察の目を、京都市内の、パチンコ店か、あるいは、外食産業のチェーン店に、向けさせようと考えたのです。犯人は、京屋一太郎ひとりではなく、彼の考えに、賛同している何人かが、犯人グループとして行動していると、私は、思っています」

6

恐れていた事態がやってきた。

犯人からの、連絡があったのだ。

それも、今回は電話ではなく、丁寧に書かれた、京都市長宛ての、手紙を送ってきたのである。

〈京都市長殿

われわれは、来る日曜日、醜悪な京都の駅ビルを、爆破することにした。

この日、午後一時から、三時までの間に、われわれは、駅ビルを、爆破する予定である。

したがって、この時間帯には、駅ビルのなかに、ひとりの人間も、いれないように、前もって、警告しておく。

市長の権限を使って、この時間帯には、ひとりの人間も、駅ビルのなかに、存在しないようにすることを命令する。

ひとりでも、われわれの爆破で命を落とすようなことがあれば、それはすべて、市長の責任である。

われわれは、こうして、前もって、警告したのだ。

なお、人質の、カナダ副首相夫人は、無事である。

われわれとしては、彼女に危害を加えるつもりはないことを、はっきりと、記(しる)しておく。

ただし、市長とその取り巻き、それに、警察が、卑怯(ひきょう)な手を使って、われわれを、欺(あざむ)くような行動を取ろうとすれば、人質の命は、なくなるものと覚悟せよ。

差出人

古きよき京都を愛する七人〉

この手紙が、松下市長の手元に届いたのは、金曜日の、午後三時五十分である。

松下市長はすぐ、何回目かの、捜査会議を、市長室で、開くことにした。自分ひとりでは、どうしようもない問題だと、判断したからである。

京都府警、警視庁、そして、今回に限り、外務省の担当者も、会議に参加した。

犯人たちの人質になっているのが、カナダ副首相の夫人だからである。

「これが、単なる脅かしであるならば、それでいいと思っているのですが、今までの事件の、経過を見ていると、この手紙に書かれていることを、犯人たちは、必ず実行するに違いないと、考えます。どうやって、それを、防ぐことができるのか、まったく、見当がつきません。現在の駅ビルは、皆さんも、ご存じのように、ひとつの都市です。ビルのなかには、京都駅そのものが、ありますし、ホテルがあり、デパートも、入っています。さらに、十一階には名店街があり、京都にやってくる観光客で、つねに溢れています。ほかには、喫茶店があり、書店があり、日曜日の午後には、どの店も施設も、休みということは、ありません。そのほか、駅でもあるので、新幹線が走り、在来線が何本も、走っています。その列車の乗客のことも考える必要があります。日曜日の午後一時から午後三時までの間と考えると、あの駅ビルには、十万から二十万人の人々が集まり、出入りしています。そのなかの、ひとりたりとも、駅ビルのなかで死なせるわけにはいきません。そんななかで犯人を逮捕することは、まず不可能だと考えます。皆さんに、ご相談したいのです。どうしたら、この問題を、解決できるのか？　市長としては、願わくば、速やかに、犯人を逮捕したいと、思っております」

市長室の壁には、京都駅の案内図と、主な列車の写真が、貼られている。

その端には、現在、犯人たちの人質になっているステファニー夫人の、大きな写真が貼ってあった。一緒に人質になってしまった女性二人の写真もである。

「問題の手紙の差出人のところが『古きよき京都を愛する七人』となっていますね？　そこに、京屋一太郎の名前がありませんが、人形師の、京屋一太郎が含まれている。というよりも、彼が、リーダーだと見て、いいのでは、ありませんか？」

と、京都府警の本橋警部が、いった。

「今、市長は、日曜日の午後、あの駅ビルに、ひとりの人間も、入れないようにすることは、とてもできないと、いわれた。われわれ京都府警が考えても、到底不可能です。唯一、可能な方法といえば、メディアの力を、借りることしか考えられません」

「どうやってメディアに——？」

「今までの事件の経過を、すべて、メディアに公表するのです。来る日曜日の午後一時から三時までの間に、犯人たちは、京都駅の駅ビルを、爆破するといっている。したがって、この時間帯に、駅ビルに立ち入らないように、京都市民はもちろん、京都にやってくる観光客にも、この時間帯には、駅ビルには、近寄らないように徹底させる。これ以外に、方法はないと思いますね」

と、本橋が、いった。

今回、特別参加をしている、外務省の担当者が、口を挟んだ。

「メディアの力を借りるとなると、すべてのことが、白日(はくじつ)の下(もと)に、さらされてしまいます。その場合、怒った犯人が、人質の三人、特に、われわれの関心は、カナダの副首相夫人ですが、その夫人に、危害を加えるようなことは、ないでしょうか？」

この質問に、本橋も、すぐには、答えられなかった。

犯人からの、市長宛ての手紙には、邪魔をすれば、人質を殺すと、書かれてあったからである。

「私は、犯人たちが、このことで、人質に、危害を加えるとは思いません」

そういったのは、京都府警の、本部長である。

「犯人は、京都駅は、破壊したいとは思っているでしょうが、京都市民や観光客、そして、人質の三人を、殺すことは、目的とはしていないと、私には思えるのです。もし、犯人が、京都の駅ビルに集まってくる人々の、あるいは、三人の人質の命を、狙っているとしたら、市長宛ての手紙など、出さないで、いきなり、駅ビルのなかで、爆弾を、爆発させるはずです。したがって、多くの人命を犠牲にするようなことは、犯人たちの本意ではないと思います。したがって、われわれがメディアの力を借りても、それだけでは、怒らないでしょう。われわれが、駅ビルのなかで、犯人たちの、仕かけた爆弾を捜したりしたら、怒って、人質の、ステファニー夫人に、危害を加えるのではないかということですよ」

警視庁の十津川も、この問題について、自分の考えを披露した。

「犯人たちは、手紙の終わりに、古きよき京都を愛する七人と、署名しています。自分たちは、間違ったことを、しているわけではない。正しいことを、している。犯人たちは、そうした、自負を持って、行動しているのだと思います。したがって、われわれがメディアの力を借りて、日曜日の午後一時から三時までの間に、駅ビルに、人の姿をなくすように、努力することに、犯人たちが、怒って人質を、殺すようなことはしないと、考えます。犯人が憎んでいるのは、人間ではなく、駅ビルですから、むしろ、無人の駅ビルを、爆破するほうが嬉しいと思いますね」

「どうやら、反対意見はないようなので、市長としては、これから、メディアをここに呼んで、協力を要請することにしたいと思います。呼ぶのはメディアの代表者です。それに、京都の駅ビルの関係者たちです。メディアに、協力を要請する時に、何か、気をつけておくべきことがあれば、今、ここで、話していただきたい」

と、松下市長が、いった。

京都府警の本橋警部が、自分のノートに書きつけてある言葉を、松下市長に伝え、それにつけ加えて、

「これは、メディアの協力がなければできませんが、犯人について、あまり詳しく、話さないほうがいいかもしれません」

「それは、どうしてですか？」

と、松下市長が、きき返す。

「犯人について、あまり詳しく話すと、メディアは、犯人探しのほうに、どうしても、力を入れてしまうからです。そうなると、いたずらに、犯人を、刺激してしまうことになりますから」

と、本橋は、いった。

急遽、松下市長の名前で、記者会見を開くことに、なった。

7

今度は、市長室に、メディアの代表者たちが集められた。

松下市長は、京都駅構内にある、新幹線のお忘れ物承(うけたまわ)り所が、爆破されたことから話を始めた。

「今回、その犯人から、私、京都市長宛てに手紙が届きました。それによると、犯人たちは、次の日曜日の午後一時から、三時までの間に、自分たちが、嫌いで、古都京都に似合わない駅ビルを爆破すると、予告してきたのです。私には、それが、犯人のハッタリだとも、悪戯(いたずら)とも思えないのです。犯人は、本気で、自分たちが、嫌いな京都の駅ビルを爆破する気でいるのです。問題は、日曜日の午後一時から三時までの間に、駅ビルに、何人の人間がいるか、見当がつかないことです。おそらく、少なくとも、十万人前後の人がいるに、違いありません。その人たちのなかから、駅ビルの爆破によって、たくさんの、死傷者が出る恐れがあります。しかし、市長の権限だけで、この時間帯に、京都駅から、人々を、ひとり残らず退去させることは、不可能です。下手をすると、ただパニックに陥らせるだけになってしまいます。そこで、メディアの皆さんに、協力していただきたいのです。この手紙の、差出人のところには、古きよき京都を愛する七人と、あります。それをそのまま受け取れば、犯人は七人です。そのなかには、すでに爆破事件を起こしている者もいます。そこで、皆さんのお力で、日曜日の午後一時から三時までの間、駅ビルには、近づかないように、人々に、警告を与えていただきたいのです」

松下市長の説明に、当然、メディアの代表者から、矢継ぎ早に、質問が飛んだ。

「市長が、犯人と称する、七人からの手紙を、悪戯ではなく、本気だと考える理由は何ですか？」

「今も申しあげたように、すでに、犯人は、京都駅の一部を爆破しています。ただ単に、京都駅の駅ビルを、爆破すると脅かすだけなら、こんなことは、しないでしょう」

「われわれメディアは、もちろん、市長の要請ですから、テレビ、新聞などすべての手段を使って、人々の注意を、喚起するにやぶさかでは、ありません。しかし、日曜日の午後一時から午後三時までの間に、京都駅に到着する、何本かの列車は、どうするんですか？　新幹線にしろ、在来線にしろ、スケジュールどおりに、動いているわけだから、われわれが、二時間にわたって、時刻表を、めちゃくちゃにしてまで、京都駅に入ってくるなとはいえませんが」

「鉄道のほうは、私から、ＪＲなどに、自粛を要請するつもりです」

「手紙の差出人には、古きよき京都を愛する七人と、ありますが、このなかには、すでに、京都府警や警視庁が、容疑者として特定している人物がいるんですか？　それとも、容疑者は、まだ、ひとりも、浮かんでいないんですか？」

「警察は、現在、この七人について、捜査中です」

「ということは、容疑者は、まだひとりも浮かんでいないと、理解してよろしいんですか？」

「そのように、受け取っていただいて結構です」

これは、京都府警本部長の答えだった。

8

警察はすでに、七人の犯人たちについて、捜査を、始めていた。

現在、ステファニー夫人と、そのほか、二名の女性が、人質になっている。そのことを考えると、表立って走り回ることはできない。それは、十津川と亀井も同じだし、京都府警も、同じ考えだった。

だから、松下市長もメディアの協力を仰ぐ時、誘拐については、何も喋らなかった。

下手に京都府警が動くと、犯人たちに警戒されてしまう。そこで、十津川は、自分の部下の、三田村と北条早苗刑事の二人に、この捜査を任せることにした。

三田村と北条早苗の二人は、京都に観光にきているカップルということにして、三田村は、わざと目立つような、少し大きな、レンズ交換のできる一眼レフの、デジタルカメラを持ち、絵のうまい北条早苗は、スケッチブックを持って動くことにした。

二人が、まず、訪ねたのは、京都観光協会である。

ここでは、二人は、東京で、旅行雑誌の記者を、やっていることにして、観光協会の理事長に会った。

「私たちは、京都が、大好きなんですが、最近は、京都にくるたびに、失望してしまうことがあります。それは、古きよき京都の匂いが、次第に、消えていっているということです。昨日から、京都にきているんですが、四条通を歩いていて、全国展開のチェーン店のレストランがあったり、喫茶店があったりして、だんだんと、東京に似てきているじゃないかと、ガッカリしてしまうのですが、京都の人たちの間にも、そうした、空気があるんじゃありませんか？」

三田村が、きくと、

「もちろん、ありますよ」

と、理事長は、あっさり認めた。

「どういう人たちが、今の京都に、失望しているんでしょうか？」

早苗が、きく。

「あなたたちがいわれたように、われわれのように、昔の京都をしっている者から見ると、ファーストフードのチェーン店が、京都のメインストリートに、現れたり、歴史のある名旅館が、外資系の会社に買収されて、まったく違った営業方針に、なってしまったりしているのを、大変、悲しいことだと思っています。しかし、いやだというのにも、段階がありましてね。絶対に、我慢できないという人もいれば、まあ、町の風景も、時代とともに変わっていくものと考えて、何とか、辛抱する人もいる。また、古い京都が好きだが、今の京都だって、まんざら捨てたものじゃない。そんなふうに、考える人もいるんです」

「そのなかで、いちばん怒っている人たちは、どんな人たちですか？　その人たちに会って、話をききたいので、紹介していただけませんか？」

と、三田村が、頼んだ。

紹介されたのは、有志が集まって、自分たちで『わが町京都』という小冊子を、出しているグループだった。

京都の東山で、グループのリーダーをやっている、相原という、三十歳の男に会った。

戦後すぐ、彼の父親が、現在の場所で喫茶店を始め、父親が亡くなったあとも、ひとり息子の相原が、そのあとを、継いでいるという。

その喫茶店で、三田村と北条早苗の二人は、相原の淹れてくれたコーヒーを、飲みながら、話をきいた。

三田村が、わざと強い口調で、自分たちは昔から、京都が大好きだが、今の京都は、好きになれないといって、話を切り出した。

「私たちは、毎年、二、三回は、京都にきていますが、いつも京都にくると、いきつけの、喫茶店があって、そこで、お茶を飲むのを、楽しみにしているんですが、今回、きてみたら、京都のど真ん中に、ファーストフードのチェーン店が、派手な看板を掲げていて、びっくりしました。京都は、日本文化の故郷ともいえるところなのに、アメリカ資本の、喫茶店が至るところにあって、がっかりしてしまいました。こんな状況で、京都は、本当に、大丈夫なんでしょうか？」

「東京からいらっしゃると、最近の京都は、そんなふうに、感じますか？」

「私たちは、東京にないものを求めて、京都にきているんです。ですから、東京と同じものが、京都にあると、それだけでも、興醒めなんですよ。かなり前に、京都の駅が、新しく、変わったでしょう？　まるで、コンクリートの塊みたいな無愛想な駅になってしまって、ガッカリしたんですよ。京都の表玄関が、あんなふうだと、そのうちに、町全体が、どこにでもあるような、特徴のない、陳腐な町になってしまうのではないかと、心配していたんですが、正直にいって、その心配が、現実のものに、なってきていますね。あの京都駅だけは、京都の人たちは、反対をして、作る前に止めなくては、いけなかったんじゃないでしょうか？」

北条早苗が、いった。

「やっぱり、あの京都駅、気に入りませんか？」

相原が、苦笑する。

「まあ、駅としては、便利になったかもしれませんが、あのデザインは、どうにも好きになれませんね」

と、三田村が、いった。

「便利というだけなら、どこにだって、そういう駅は、あるでしょう。東京駅だって、どんな駅ができるかと思ったら、昔の、古い駅舎を蘇らせているじゃありませんか？　東京駅だってそうなんだから、京都駅はなおさら、古都をイメージしたような、歴史を感じさせる駅であってほしかったですねえ。それなのに、京都駅よりも、東京駅のほうが、歴史を、感じさせる趣のある建物に、なってしまっていますよ。これじゃあ、皆さん、京都を、敬遠してしまうんじゃないかしら？」

と、北条早苗が、いった。

「それじゃあ、これから仲間に、集合の号令を、かけますよ。連中にも、お二人から話してやってください。今のままでは、京都は、駄目になってしまうって」

相原は、携帯を使って、あちこちに、電話をかけ始めた。

一時間ほどして、集まってきたのは、男四人に、女二人である。

そのなかに、もし、京屋一太郎がいたら、すぐにでも、逮捕してしまおうと、三田村も北条早苗も身構えていたのだが、京屋一太郎の姿は、そこには、なかった。

集まった六人の男女は、職業もさまざまだったが、三十前後という点では、一致していた。

ただ、話をしていると、六人のなかにも、温度差があることが、わかってきた。

いまだに、京都タワーは絶対に許せないという者もいれば、あれは、完成当時はともかく、今では、京都の風景のなかに、溶けこんでいるので、気にならないという女性もいた。

9

二人は、その喫茶店を出ると、今度は、傷害事件で警察沙汰になったという永田という二十五歳の男に会うことにした。

四条通に進出してきた、ファーストフード店で、店長と喧嘩をして殴ってしまい、警察に逮捕されたことがあるというのである。日頃から、今の京都が嫌いだといっていたという。

「私たちは、東京に住んでいるんですが、今回京都にきて、四条通を、歩いていて、ビックリしましたよ。あのファーストフードの大きな看板が目に入ったので、一瞬、ここは、東京かと思いましたよ。なぜ、京都にまで、このチェーン店は、進出してきたのか？　皆さんは、どうして、反対しなかったんですか？」

三田村が、いうと、永田は、

「僕は、反対したんですよ。あの店にいって、小さい声で、店長に『早く東京に帰れ』と、いったら、断られたので、ついカッとして殴ってしまったんです」

と、いって、笑った。

「そうですか。京都の人たち全部が、あのチェーン店の進出に、賛成しているというわけじゃないんだ」

「もちろんですよ。あそこには、元々、京都らしい、おばんざいの店があったんですよ。それが、いつの間にか、あの、ファーストフードの店になってしまって、喜んでいる人間も、いますけどね。どう見ても、京都らしくないといって、反対している人間もたくさんいるのです」

と、妙に勢いこんで、永田が、いった。

10

翌日の朝刊と、テレビ、ラジオやネットのニュースは、賑(にぎ)やかだった。京都市長の要請に応じて、メディアがいっせいに、事件のことを、報道したからである。

メディアは、七人のなかに、京屋一太郎がいるかどうかは、明らかにしなかった。

松下市長も、その点については、ひと言も、自分の考えをいわなかった。

その日の、夜遅くになって、三田村の携帯が鳴った。

「テレビ観(み)ましたか?」

と、いきなり、若い男の声が、いう。

三田村は、とっさに、昨日一日で、会った若い男たちの顔を、思い出してみた。

そのなかの誰かが、電話してきたに、違いない。三田村が、彼等(かれら)に自分の携帯電話の番号を、教えていたからである。

「京都にも、なかなか、勇ましい人がいるじゃないですか。われわれ東京の人間から見ると、京都人というのは、性格的におっとりしていて、あまり行動に、移さないと思っていたんですが、そうじゃない人間も、いるんですね。見直しましたよ」

三田村は、わざと、今回の犯人を褒(ほ)めるようないい方をした。

「やはり、東京の人にも、勇ましく感じますか?」

「もちろん、思いますよ。今の若者って、よく喋るが、なかなか、行動が伴(ともな)わないじゃないですか。今度の犯人たちは、そこが違う」

「そうですか。京都の若者も、なかなか、やるでしょう」

「あなたも仲間ですか？」

三田村がきくと、相手は、突然、電話を切ってしまった。

三田村はすぐ、同じホテルに、泊まっている十津川に、連絡を取った。

すぐ、十津川は、三田村や北条早苗、それに、西本、日下にも集合を命じた。

夜が遅かったが、それでも、ホテルのロビーに、刑事たちが集まってきた。

まず三田村は、自分の携帯電話に、かかってきた男の電話について、説明した。

「今の京都の変わりように、反対だという市民、なかでも特に、何人かの、若者に会ってみたんです。もちろん、身分はかくしてです。その時、会った若者全員に、私の携帯電話の番号を、教えました。携帯には録音機を取りつけておきました」

三田村は、男からの電話を、再生して、刑事たちにきかせた。そのあとで、

「この電話の声を、何回もきいているうちに、思い出したんです。この声は、最初に、東山の喫茶店で、会った男女七人のうちのひとりだということをです。名前は、たしか平山（ひらやま）といっていました。彼等が作っている――『わが町京都』という小冊子を出している、グループのなかのひとりが、この平山という男なのです」

「彼なら、私も、よく覚えています。ただ、彼は、喫茶店での、話し合いの時には、ほとんど、何も喋らなかったんですよ。ほかの六人は、大きな声で、京都が、変わっ

ていくことに対する不満を、話していたんですが、この平山だけは、ほとんど、喋りませんでした」

と、北条早苗が、いった。

「だからこそ、私は、かえって、気になりますね」

と、三田村が、いった。

「というのは、市長に、手紙を送ってきた七人のなかのひとりが、この、平山だと、思うのか?」

と、十津川が、きく。

「いや、そこまでは、考えませんが、気になったので、警部に連絡したんです」

「連絡してもらってよかったよ」

「彼らが出している、この『わが町京都』という、小冊子ですが、なかを見ると、かなり過激なんです。チェーン店の、ファーストフードの店なんか、一刻も早く追いだしてしまえとか、京都駅は、早く改造すべきだとも、書いてあります。ただ、そのなかで、平山だけは、ほとんど、雑誌に寄稿していません。その男が、どうして私に、夜遅く電話をかけてきたのか。理由が、わからないだけに、かえって、気になって仕方がないのです」

「この小冊子によると、平山という男は、現在、京都の、B大の大学院生です。専門は、建築です」

早苗が、いうと、

「建築ときくと、なおのこと、気になってくるね」

と、十津川が、いった。

翌日の昼過ぎに、三田村と北条早苗の二人は、B大の校門の前で、この、平山修(おさむ)という大学院生を待ち受けた。三田村も北条早苗も、平山という大学院生が、松下市長に手紙を書いてよこした、七人のなかのひとりかどうかは、わからずにいる。

しかし、それでも、万が一ということもある。その期待を持って、二人は、平山の姿を、捜した。

第七章　京都駅

1

今日は土曜日、明日は日曜日である。

京都市長宛てに、脅迫状を送ってきた犯人たちは「日曜日になれば、仕かけておいた京都駅の爆弾を、爆発させて、醜悪な京都駅を破壊する」と、主張している。

その日曜日まで、残る時間は、あと今日一日しかないのである。

今こそ犯人に対して、もっと攻撃的な手段を使うべきだという声もあった。残された今日一日を、有効に使って、刑事、あるいは、機動隊を、フルに使って、京都駅の構内を隅から隅まで調べて、仕かけられた爆弾を捜し出せと主張するのである。

そんなことをすれば、爆弾を爆発させると、犯人は、警告しているが、

「そんな犯人の、脅迫に屈することなく、堂々と、爆弾を捜し出せ」

と、いう。

もちろん、京都駅のなかを捜す警察を見れば、犯人は、爆弾のスイッチを、押すかもしれない。

しかし、軍艦のように巨大な京都駅である。一発の爆弾で、簡単に、倒壊するはずはない。

おそらく、京都駅を爆破するためには、数カ所、あるいは、数十カ所という多くの場所に、爆弾を仕かけておく必要があるだろう。警察の動きに腹を立てた犯人が起爆装置のスイッチを押したとしても、一度に、全部のスイッチは押せないはずである。ひとつか二つの爆弾が爆発しても、それを無視して、七人のグループを自称する犯人たちを逮捕するべきである。

しかし、こう主張する声は、あくまでも少数にすぎず、何とかして、犯人たちを、粘り強く説得して、京都駅を、破壊から守ろうという考えの、刑事たちのほうが、圧倒的に多数だった。

現在、唯一、使える方法は、ひとつだけあった。

それは、三田村と北条早苗たちが、やったように、京都にもいるであろう京都駅嫌いの若者たちに、接触することだった。その接触した若者たちのなかに、ひょっとして、今回の犯人のひとりが、いるとしたら、何とか解決のメドがつくかもしれない。

その線で、三田村と北条早苗が、見つけ出した若者がいる。

その若者の名前は、B大大学院に通う平山と、わかっている。仲間と一緒に『わが町京都』という小冊子を、発行している青年だということだった。

しかし、B大に通う、大学院生だということだが、それが本当かどうかもわからない。

それでも、その細い糸をたぐるより、仕方がなかった。

三田村と、北条早苗の二人は、B大の正門の前で、張り込むことにした。本当に、B大の大学院生なら、見つかる可能性があると思ったからである。

一時間近く経って、やっと、あの若者が、出てくるのが見えた。なぜか、リュックサックを背負っている。

すぐに、三田村と、北条早苗が、近づいていった。

三田村が、声をかける。

「僕たちのことを、覚えていますか？」

相手の返事を待たずに、北条早苗が、

「よかったら、あなたの住所を、教えてもらえませんか？」

さらに、三田村が、

「これから、一緒に、お茶でも飲みながら、今の京都は醜悪である。なかでも、京都駅がいちばん、古都京都にふさわしくないということについて、話し合おうじゃありませんか？」

矢継ぎ早に、相手に、声をかけていった。

「うるさいな。僕には、これから用があるんだよ」

相手は、そういって、突然、駆け出した。

三田村と早苗の二人は、わざと追いかけずに、黙って見送っている。

逆に、男のほうが、立ち止まりふり向いた。

三田村たちが、追いかけてこないことが、わかると、男は安心したのか、ゆっくりとした歩調になって、河原町三条の方向に向かって、歩き出した。

今度は、西本と日下の二人が、尾行を始めた。

やっと摑んだ、標的である。何人刑事を使ってでも、絶対に、どこにいくのかを突き止めてやろうと、刑事たちは、必死だった。

男の歩いていく方向に、京都市役所が、見えてきた。

男は、市役所前の、広場に入っていくと、背負っていたリュックサックをおろして、地面に、置いた。

その後、リュックサックを、地面に置いたまま、御池通を、鴨川の方向に向かって、歩き出した。

西本と日下が、男の尾行に移ろうとした時、突然、リュックサックのなかから、一発の花火が、宙に向かって打ち出された。

人工衛星とでも、名づけられた花火なのだろう。流星のように、上空に向かって打ち出されて、五、六十メートルほど、上昇すると、弾けて、音と光を、宙にまき散らした。

続いて、二発目の花火が、打ち出された。

大きな音と強烈な光に驚いて、市役所の職員たちが、いっせいに、窓から、外を眺めた。

市役所の前を、歩いていた人たちも、立ち止まって、上空を見あげている。

西本と日下が、花火に気を取られてしまったので、すかさず、三番手の田中と片山の二人が代わって鴨川のほうに、男を、追っていった。

男は歩きながら、どこかに、携帯をかけ始めた。

田中刑事も、携帯をかけた。相手は、十津川警部である。

「尾行に気づかれたようです」

「わかった。尾行を中止して、市長室に戻れ」

「市長室ですか？」

「そうだ。京都市役所の市長室だ」

「向こうは、今、どこかに電話をかけています」

「わかっている。市長室に、かけているんだ。とにかく、尾行は中止だ」

十津川が、繰り返した。

2

対策本部になっている市長室では、松下市長が、犯人からの、電話を受けていた。

「われわれの計画を、甘く見ているといけないので、前日に爆弾の威力を、市長及び刑事たちに、見せておくことにした。市役所の前庭に、リュックサックが、置いてある。見えるか？」

と、男が、いった。

「ああ、さっきから、見ている」

「そのリュックサックのなかに、可愛らしい京人形が入っている。それを、リュックサックの外に出すんだ。その後、しばらくすると、京人形のお腹のあたりで、携帯の着信音が鳴るのがきこえてくるはずだ。そうしたらすぐ、できるだけ遠くに逃げるんだ。着信音が鳴り終わった時、爆発するからよく見ておくんだ。爆発の威力が、どれだけすごいかをだ。それを見れば、小細工などする気はなくなるはずだ。わかったな？」

犯人は、それだけいって、電話を切った。

十津川と一緒にいた亀井が、若い刑事と部屋を飛び出すと、前庭に置かれたリュックサックに駆け寄り、なかから、京人形を取り出した。

見物人が近づこうとする。

それを見て、亀井が、大声で怒鳴った。

「近づくな！　これは、爆弾なんだ。近くにいると、間違いなく死ぬぞ。とにかく下がれ！」

見物人が慌てて、下がっていくと同時に、京人形の体のなかで、携帯の着信音が、鳴り始めた。

「逃げろ！」

と、もう一度、怒鳴ると、亀井も、慌てて走った。

走っている途中で、爆発が、起こった。

強烈な音と爆風が、京人形を取り巻いていた人たちを、なぎ倒した。死者は出なかったものの、二十人近い男女が、爆風によって、吹き飛ばされた。

コンクリートで、舗装された歩道に、爆発によって、大きな穴があいた。

誰かが、救急車を呼んだ。

サイレンを鳴らして、一台、二台と、救急車がやってくる。負傷者が搬送されていく。

メディアの取材陣もやってきて、そのすさまじい爆発の跡を、ビデオや写真に収めていった。

その日の夕方、午後六時から、前と同じように、市長室で捜査会議が開かれた。

壁には、京人形を使ったプラスチック爆弾によって、市役所の前庭にあけられた大きな穴の写真が、貼られた。

松下市長は、小さく、溜息（ためいき）をついた。

「もし、犯人がいうように、明日、京都駅の構内で、こんな強烈な爆弾が、立て続けに、何発も爆発したら、どうなると思いますか？ その時に、もし、いつものように、駅のなかにひとがいたら、何十人、いや、何百人の死者が、出るかわかりませんよ。そう考えると、明日の日曜日は、犯人たちが、要求するように、京都駅の構内には、誰ひとり、入れないほうがいいと、考えますが、どうですか？」

「それでは、市長は、京都駅が、犯人たちに破壊されるのを、ただ黙って見ていろと、おっしゃるんですか？」

京都府警の本部長が、語気を強めた。

「残念ですが、今のところ、そうするよりほかに、どうしようも、ないでしょう。ほかに手がないんですから」

と、松下市長が、いう。

「京都駅が、犯人に破壊される前に逮捕したらいい」

と、本部長が、いう。

「それができれば、それに越したことはありませんが、どうやって逮捕するんですか？ 犯人が、どこにいるのかも、わからないし、さっき、市役所の前で京人形に仕かけられた爆弾が、爆発したように、駅のどこかに仕かけられている爆弾に対して、犯人は遠くから携帯をかければ、それで、大爆発が起きてしまうんですよ。捕まえようがないじゃ、ありませんか」

その市長のひと言で、京都府警の本部長は、黙ってしまった。

「犯人が、何人いるかわかりませんが、そのうちの二人は、わかっています。東京で、プラスチック爆弾入りの京人形を作って、それを売った京屋一太郎と、今日、リュックサックを持っていた男です」

十津川が、いった。

「それは、こちらでも、わかっています。しかし、京屋一太郎を、逮捕するのは難しいですよ。何しろ、今まで、いくら捜(さが)しても、捕まらなかったんですからね」

京都府警の本橋警部が、いった。

「どうしたら、いいのか、何かいい考えがあったら、どなたでも結構なので、いってくれませんか？」

松下市長は、その場にいた人たちの顔を見回した。

その場には、京都府警の刑事たち、十津川たち警視庁の刑事たちのほかに、K大の准教授や、京都で、お茶やお花の家元をやっている人、それに、京都東寺の副管長の顔なども見えた。松下市長が、京都を代表する人たちとしてふたたび呼んだのである。

そのなかのひとり、杉浦という、K大の准教授が、立ちあがって、自分の考えを口にした。

「今になって、犯人たちを、説得するのは、難しいでしょう。しかし、何もしないというわけにはいきませんから、今度、犯人から、電話があったら、金銭で解決するように、いってみたらどうでしょうか?」

「しかし、連中は、京都駅が、気に入らないといってるんですよ。破壊しようとしているのです。そんな彼らが、金で、納得するとは、とても、思えませんが」

と、市長の秘書が、いった。

「たしかに、表面的には、そう見えますが、犯人はひとりではなく、グループでしょう? たしか、犯人は、全部で、七人だそうじゃないですか? 七人もいれば、全員が、京都駅を、何としてでも破壊しようとは、思っていないに違いありません。少しずつ考えが違っていれば、金の話を持ち出せば、七人のなかには、気持ちが、揺らぐ人間が出てくるかもしれませんよ。それには、百万、二百万の金では、駄目です。最低でも、一千万単位の金額を提示するんです。そうすれば、七人の犯人のうちの、何人かは、気持ちが変わる可能性がある」

「わかりました。やってみましょう。効果はないかも、しれませんが、今のところ、ほかに手の打ちようが、ありませんからね。犯人から電話があったら、金銭での解決を、一応、提案してみますよ」

松下市長が、いった。

京都府警の本部長が、賛成して、

「犯人たちは、ステファニー夫人たちを人質にとっていますから、そちらの解放については、金銭で解決できるかもしれません。もし犯人が応じてくれれば、京都駅の爆破を、一日か二日、引き伸ばせるかもしれません」

次に、意見をいったのは、京都東寺の副管長だった。

「前に、どなたかが、この事件の犯人たちは、人を殺すのが、目的ではなくて、自分たちの気に入らない建物を、破壊することが目的だとおっしゃった。私も、そうだろうと、考えます。つまり、犯人たちは、建物を、壊すことが目的なのであって、人を殺すことは、望んでいないはずですよ。だからこそ明日の日曜日には、京都駅に、人を入れるなと、いってきたのだと、私は思います。ですから、逆に、明日の日曜日には、大勢の人間を、京都駅に集めたら、逆に、犯人は、困ってしまうのではないでしょうか。まさか、大勢の人がいるのに、犯人たちは、爆弾のスイッチは押さないでしょう。いや、押せないでしょう」

「しかし、すでに、メディアを使って、明日の日曜日には、京都駅には、いくなといってしまいましたが」

「それなら、私が、京都中の寺から住職たちを集めて、明日、京都駅にいきましょう。犯人たちのいう時間になったら、全員で、駅全体にきこえるように、お経を唱えましょう。犯人たちは困ってしまい、爆弾のスイッチを、押せなくなってしまうだろうと私は、期待しますね」

「しかし、犯人たちが、迷わずに、爆弾のスイッチを、押してしまったら、どうするんですか？」

K大准教授の杉浦が、きいた。

「もし、犯人たちが、スイッチを押したら、私たちは喜んで、炎上する京都駅のなかで、自分の命を捧げますよ」

副管長が、落ち着いた声で、いった。

「駄目です。京都市長として、そんなことを認めるわけにはいきません」

松下市長が、顔を、紅潮させた。

「私は、京都市長です。京都市民の安全と生命を守る義務があります。京都駅が爆破されるとしっていて、あなた方京都中のお寺の住職さんが、京都駅で、死んでしまうのを黙って、見ているわけにはいかないのです。ですから、明日の、日曜日に、皆さんが京都駅に集まるなどということは、絶対に、やめていただきたい」

「自衛隊に、出動を頼もうじゃありませんか」

と、いったのは、藤田流の家元だった。

「自衛隊に頼むって、いったい、何をやってもらうんですか？」

京都府警の本橋警部が、きく。

「自衛隊は、万一に備(そな)えて、毒ガスを研究し、持っているんじゃありませんか？ もちろん、毒ガスといっても、催涙(さいるい)ガスのようなもので、殺傷(さっしょう)能力のないものです。犯人たちが指定した時間になったら、京都駅全体を、自衛隊に頼んで、催涙ガスで、覆(おお)ってしまうんです。犯人たちが、京都駅にいって、爆弾のスイッチを、押そうとしても、催涙ガスを、吸いこんでしまうから、そんなことはできなくなります。どうですかね、この案は？ 犯人たちが、催涙ガスで苦しんで、のたうちまわっていれば、彼らを逮捕するのも、簡単ではないかと、思いますがね」

と、藤田流の家元が、いった。

「その作戦は、おそらく、失敗するでしょうね」

十津川が、いった。

藤田流の家元は、十津川を、見つめて、

「やってもいないうちに、どうして、失敗すると、いえるんですか？　やってみなければわからないし、ほかにいい考えでもあるんですか？」

「犯人たちが、京都駅に集まって爆弾のスイッチを、押すのであれば、たしかに、今、家元がおっしゃった、その方法もある、と思いますよ。しかし、今日、市役所の前庭で、見たように、連中が、プラスチック爆弾と携帯電話を、お腹に仕こんだ京人形を、駅の各所に、置いておいたとしたら、どうなるんですか？　そうなれば、犯人たちは、別に、京都駅にいかなくても、離れた場所から、遠隔操作で、プラスチック爆弾を、爆発させることが、簡単にできるんですよ」

と、十津川が、いうと、藤田流の家元は、黙ってしまった。

「みなさんのご意見は、よくわかりました。市長としての私は、とにかく、市民や観光客の生命（いのち）の安全を第一に、考えなければなりません。したがって、明日の日曜日には、メディアで、アナウンスしたように、京都駅には、誰も、いかないようにと、何回でも呼びかけるつもりです。それでよろしいですね？」

松下市長が、同意を求めた。

3

重苦しい沈黙が、捜査会議を、支配した。

そんななかで、突っぴな意見も出てきた。その発言者は、京都に、進出してきたコーヒーショップの関西本部長だった。

「どうですか、この際、いっそのこと、連中に京都駅を、爆破させてしまったらいいんじゃありませんか？　あの駅が、気に入らないという人は、ほかにも、何人も、いるわけでしょう？　今の京都駅は、古都京都には、ふさわしくない。目障(めざわ)りだという人も、いるわけで、そういう人から見れば、あの馬鹿でかい駅ビルを壊して、古都京都にふさわしい駅ビルにしたいと、思っているわけでしょう？　それなら、手っ取り早いじゃありませんか？　犯人たちが、爆破して壊してしまったら、そのあとで、京都市民全員が気に入るような、駅をもう一度、建てればいいんですよ」

「馬鹿なことはいわないでください！」

松下市長が、怒りをこめて、いった。

「いいですか、犯人たちが、京都駅を爆破することに成功したら、自分たちが、気に入らない建物を、次々に、破壊していきますよ。今回の犯人だけじゃない。京都に、不満を持っている人たちがいて、あのお寺が、気に入らない。御所が気に入らないといって、次から次と、建物を、爆破していったら、いったい、どうするつもりですか？」

「たしかにそうですが、だからといって、このままでは、どうにもならないでしょう？　こうしたらいいという名案を、いわないじゃないですか？　誰かひとりでも、明日の日曜日についてこれはという対策を持っているのなら、ぜひとも、それを、ききたいですね」

コーヒーショップの関西本部長は、挑発する口調になっていた。

「これは、別に、対抗策というわけじゃありませんが、私の考えを、話しても構いませんか？」

遠慮がちに、十津川が、いった。

「とにかく、時間がないんですよ。犯人に対する対抗策じゃないんなら、話をきいても仕方がないでしょう」

と、文句をいう者もあったが、松下市長が、それを制して、

「とにかく、ききますよ。話してみてください」

と、十津川を促（うなが）した。

4

「今日、犯人のひとりが、この、京都市役所の前庭で、京人形を使った、爆弾を爆発させて、私たちを、驚かせました」

十津川が、口を開いた。

「なぜ、あんなことをしたのか？　その理由を、考えてみたのです」

「そんなこと、考えてみなくたって、わかり切っているじゃないですか。犯人たちは、自分たちが、本気だということを、われわれに示したんですよ。こういう事件では、よくある行動というか、一種のパフォーマンスですよ。自分たちを甘く見られるのがいやだから、爆弾魔といわれる連中は、予行演習をして、みせるんですよ」

と、いったのは、K大の杉浦准教授だった。

「以前、アメリカで、こんなことがありました。犯人たちが、有名な教会を、爆破すると脅（おど）かしました。しかし、そんなことができるはずはないと、みんなが、思ったんです。そうしたら、犯人たちは、予行演習をしてみせたんですよ。人の住んでいない、あまり有名ではない教会を爆破して、自分たちが本気だということを、示したのです。それと同じで、今日、犯人がやったことは、京都市長や京都の警察に、自分たちは、いいかげんなことをいっているんじゃない。本気なのだということを、示したんです」

「私も、杉浦先生と同じように考えました」

十津川が、逆らわずに、いった。

「しかし、それならどうして、京都市役所の前庭で、パフォーマンスを、やったんでしょうか？　たしかに、大変な破壊力でした。しかし、普通、脅かすのなら、例えば、小さな無人駅を、爆破するとか、自分たちが、気に入らないパチンコ店を狙えばいいのに、なぜ、そうした建物を爆破しなかったんでしょうか？　どうして、何もない市役所の前庭で、爆発させたんでしょうか？　私には、その点が、どうにもわかりませんでした」

「そんなことは決まっているでしょう。市役所の人間、あるいは、近くを、歩いている人たち、そして、捜査会議を、開いているわれわれに、見せつけるためですよ」

「たしかに、あの爆発を見た人たちは、驚いています。すごい爆発でしたからね。しかし、だからといって、あまり、怖がってはいませんでした。それは、あの爆発によって、誰も、死ななかったし、ひとつの建物も、壊れなかったからですよ。だから、みんな、たしかに、ビックリはしたけれども、怖がらなかったんですよ」

「だから、どうだというんですか？」

「私は、こう考えたのです。もちろん、これは、私の勝手な、考えですから、反対の意見があったら、遠慮なくいってください。私がいいたいのは、犯人は、やりたくても、あんなことしか、できなかったのではないかということです。どこかの建物のなかに、プラスチック爆弾を仕こんだ、京人形を仕かけておいて爆発させれば、いちばん、効果があるのに、犯人たちには、それが、できなかったんじゃないでしょうか？　京人形を入れたリュックサックを、京都市役所の前庭に置いて、爆発させる。これは、いってみれば、誰にだって、できる方法です。もしかしたら、犯人たちには、そういう簡単なことしかできなかったんじゃないのか？　私は、そう、考えたのです」

　十津川は、言葉を切って、全員の顔を、見回した。

「どうも、十津川さんのいっている意味が、わからないのですが、わかるように、説明してもらえませんか？」

　と、松下市長がいう。

「私がいいたいのは、人がいる場所に、爆弾を仕かけるのは、そうそう簡単に、できることではないということです。東京では、人形師の、京屋一太郎が作った京人形の爆弾が、爆発しましたが、これは、京人形のお腹のなかに、プラスチック爆弾が仕かけられていることなど、夢にも思わない被害者が、贈られた京人形を、喜んで飾っておいたために、起きた事件です。その後、京都駅構内の新幹線のお忘れ物承り所が、爆破されましたが、これも、犯人が、あの場所に、忍びこんで、爆弾を、仕かけたわけじゃありません。わざと、忘れ物のようにして、問題の京人形を、置いておき、忘れ物として乗客が、お忘れ物承り所に、持っていったために、起きた爆破事件です。これもまた、誰かが、あそこに、忍びこんで、爆弾を仕かけたというわけじゃありません。よく考えてみると、犯人たちが、人がいる場所に、自分たちの作った爆弾を自分たちで仕かけたことは、一度もないのです」

「なるほど。そういえばそうですね」

感心したように、松下市長が、うなずいた。しかし、まだ十津川が何をいいたいのかわからず、すぐ眉を寄せている。

「この考えを、推し進めていきますと、どういうことに、なるのか？　今回、犯人たちは『京都駅に、爆弾を仕かけた。それを、日曜日に、爆発させるから、日曜日の午後一時から三時まで、誰も、京都駅にいれるな』と、いっています。しかし、京都駅は、常にたくさんの人間がいて、いつも、動いています。ここまでの犯人たちの行動から見て、人であふれている京都駅に簡単に、自分たちの爆弾を仕かけられるとは、私には、思えないのですよ。今日の犯人のやったことが、そのいい例なのではないかと、私は、考えます。犯人にしてみれば、前日の今日、京都駅のどこかに爆弾を仕かけておいて、それを、爆発させてみる。あるいは、京都市役所のどこかで、京人形に仕こんだ爆弾を、爆発させる。そうすれば、脅しとしては、効果は、てきめんでしょう。しかし、それが、できませんでした。仕方なく、市役所の前庭に、リュックサックのなかに入れた、京人形を置いておいて、爆発させたんですよ。それしかできなかったんだと思いますね。このことから、類推すれば、現時点で、京都駅には、ひとつも、爆弾は仕かけられてはいないのではないかと、思うのです」

「しかし、犯人たちは『日曜日の午後一時から三時までの間に、自分たちの仕かけた、爆弾を爆発させる』と、いっていますよ。十津川さんは、犯人の言葉は、嘘だというのですか?」

松下市長が、きいた。

「嘘というか、あの言葉は、おそらく逆なのだと思います」

と、十津川が、いった。

「逆というのは、いったい、どういうことですか？」

「私は、現時点で、京都駅には、おそらくひとつも、爆弾は、仕かけられていないと考えています。しかし、犯人は、自分たちが、予告したように、爆弾を、仕かけなければならない。しかし、あの混雑する駅では難しい。誰に見られているかわからないからです。そこで、われわれを、脅かしたのですよ。『すでに、京都駅には、爆弾が仕かけられている。人を死なせたくはないから、京都駅には、ひとりも入れるな』と、いったのです。その上、京都駅に人を入れてはいけない時間を、午後一時から三時までと、二時間も時間を取りました。どうして、二時間も必要なんでしょうか？すでに、爆弾が、仕かけられている。それも、今日、市役所の前庭で、爆発させてみせたように、携帯電話を使って、どこからでも、爆発させることができるのだとしたら、二時間などという時間は、必要ないでしょう？　携帯をかければ、いいだけですからね。二時間も必要なのは、京都駅の各所にこれから、爆弾を仕かけなければならないからだと、私は、思うのです。もちろん、誰もいなくなった京都駅に、外からぞろぞろ入っていけば、すぐに捕まってしまいます。おそらく、明日になったら、犯人たちは、朝のうちから、京都駅の、構内のどこかに、隠れているのではないかと思いますね。午後一時をすぎて、人がいなくなったら出てきて、駅の各所に、爆弾を仕かけるつもりですよ。午後三時までに仕かけておいて隠れるのです。午後三時をすぎても、爆発が起きなければ、われわれも観光客も市民も、ほっとして、京都駅に集まってきます。その混雑にまぎれて、犯人も、駅から離れる。それから、改めて、犯人たちは、市長に、電話をかけてくるつもりなんですよ。こんな具合にです。『今回は、われわれのなかに、京都駅の爆破に、反対する者が出てしまったので、それを説得しているうちに、時間が、きてしまった。それで、爆弾のスイッチを押さなかった。しかし、明日は違う。全員の気持ちが、ひとつに、固まったから、計画を実行に移す。明日の午後一時には、必ず、スイッチを押す』そんな電話をかけてくるはずです」

沈黙が、また広がった。

しかし、今度の沈黙は、さっきとは、少し違っていた。

その証拠に、短い沈黙を破って、松下市長が、十津川に質問をぶつけてきた。

「今、十津川さんのいったことは、冗談なんかじゃないでしょうね？　本当に、今日の段階で、犯人たちは、京都駅には、ひとつも、爆弾を、仕かけてないんでしょうね？　間違いないんでしょうね？」

と、いったのである。

「断定はできません」

十津川は、正直にいった。

「私は、あくまでも、ひとつの可能性をいっただけで、ひょっとすると、ひとつか二つは、爆弾を、仕かけているのかもしれません。しかし、京都駅全体が壊れてしまうような数の爆弾は、仕かけていないと、思っています」

松下市長に続いて、京都府警の、本橋警部が、いった。

「私は、十津川さんの意見には、全面的に賛成というわけでは、ありません。十津川さんの断定したことは、間違っているかもしれません。しかし、ここまでくると、十津川さんの考えに、賛成したくなってきましたね。今のところ、何も、できないんですから」

今度は、藤田流の家元が、きいた。

「十津川さんの見通しが正しいとして、具体的には、どうするんですか？」

5

「明日の午後一時になったら、予定どおり、すべての人間を、京都駅から、外に出します。私の考えが正しければ、人のいなくなった京都駅で、犯人たち、たぶん、全員で七人でしょうが、彼らが、隠れていた、京都駅の構内から、出てきて、誰も妨害をする人間がいなくなった駅の構内で、好き勝手に走り回って、駅のあらゆる場所に、爆弾を、仕かけていくはずです。そこに、京都駅に隠れていた刑事たちが、現れて、犯人たちを、逮捕します。トイレはたぶん、犯人たちが、使っているでしょうから、駅長室か、あるいは、構内の、レストランかに隠れる場所を作ります。午後一時前に、刑事たちが隠れます。私の考えが正しければ、犯人を逮捕するのは簡単です。何しろ、連中は、すべての人間を、京都駅から追い出していますから、自由勝手に走り回って、どこにでも爆弾を、仕かけられると思っていますから、まったく、無警戒に動き回るはずだからです」

と、十津川は、いった。

「なるほど。十津川警部のいわれることは、よく、わかりました。しかし、これは、ある意味、危険な、賭けですね」

と、松下市長がいい、府警本部長は、

「十津川警部の、考えというか、想像が、もし間違っていたら、何人もの刑事が、死ぬことになりますね。すでに、京都駅の各所に、爆弾が、仕かけられていれば、今日犯人がやったように、離れた場所から、その爆弾を、爆発させることができるからです。犯人が、予告どおりに、爆弾を爆発させれば、犯人を逮捕しようとして、駅に張り込んでいる刑事たちの何人かが、間違いなく、爆発によって、死ぬことになります。その点を、十津川警部は、どう考えるのか、それをおききしたい」

十津川は、本部長の言葉を否定しなかった。

「私の想像、考えが、間違っている可能性もあります。今日までに、犯人たちが、京都駅の各所に、すでに、爆弾を仕かけていることも、ありうるからです。そうであったら、京都府警の、本部長がいわれるように、京都駅のどこで、爆発が起きるかわかりませんから、刑事たちのなかから、何人もの、死傷者を出す可能性もあります。ですから、できれば、明日、京都駅にいく刑事は、志願制にして、いただきたいのです」

と、十津川が、いった。

6

しかし、結局、志願制にはならなかった。それは、必ずしも十津川の考えに、賛成したからではなかった。

十津川以外に、とうとう対案が出なかったからもあったし、自分たちが爆発で死ぬことが、具体的に、思い浮かばなかったからである。

さらにいえば、可能性が、五十パーセントだったからである。

十津川の考えが当たっている可能性が、五十パーセントだとすれば、当たっていない可能性も、同じく、五十パーセントである。

二つにひとつだが、そのくらいの確率なら、別に、志願制でなくても、刑事たちは、充分に、やる気になっていたのである。それだけ刑事たちは、犯人に腹を立てていたのだ。

7

日曜日を迎えた。

午前十時、十一時、十二時の三回にわたって、京都市長が、市民や観光客に対する、お願いをメディアで流した。

「今、京都駅を爆破しようとしている犯人がいます。犯人たちは、今日の午後一時から、三時までの間に、自分たちが仕かけた爆弾を、爆発させると、京都市を脅迫しています。京都市長の私としては、ひとりでも、市民の方や、あるいは、観光客の方が、亡くなったり、怪我をされたりすることは、絶対に避けたいと思っています。そこで、正午になったら、いっせいに、京都駅から、外に出てくださるよう、お願いします。また、京都駅に到着する列車を、停めることはできませんので、列車から、降りた方たちは、中央口に出ることを禁止し、全員、逆の八条口に出ていただきます」

正午、京都駅では、サイレンを鳴らした。京都駅の構内にいた人たちは、外に向かっていっせいに、吐き出されていく。

また、京都駅のなかにある、ホテルでは、午後一時から午後三時まで、すべての泊まり客に、ホテルから出てくれるよう、前もって要請がしてあった。駅のなかのデパートや、名店街も同じである。いっせいに人の姿が消えていった。

人の気配の消えた京都駅が、巨大であればあるほど、人の話し声や足音や、子どもの泣き声が消えてしまって、何とも、不気味である。

その物音の消えた駅の構内に、ひとり二人と、若い男たちが、トイレから現れてきた。

全員が、布にくるんだ京人形を二体ずつ持っていた。

京屋一太郎が、六人の仲間に向かって、京都駅の案内図を見ながら、指示を与えていった。

「君は、駅構内のエレベーターの二基を爆破する。地下一階に止めておいて、爆弾を仕かけるんだ。そのあとは、私がやる」

京屋一太郎が、ひとり目の男に、指示した。

その男は、二体の京人形を持って、駅構内のエレベーターに乗ると、地下一階のボタンを押した。

地下一階に着くと、まず、一体の京人形を、エレベーターの隅に置き、エレベーターを降りた。そして、隣のエレベーターを地下におろすためにボタンを押した。

途端に、背後から、いきなり、警棒で殴られて、その場に昏倒した。

呻き声をあげて、起きあがろうとする男に向かって、二人の刑事が、いっせいに、飛びかかった。もうひとりの刑事が、

「口を押さえろ。ほかの犯人に、連絡させるな」

と、怒鳴っている。

男は、たちまち手錠をかけられ、口にハンカチを押しこまれた。

8

二人目の男に、京屋一太郎が、指示を与える。

「京都駅には、新幹線と、在来線のそれぞれに、駅長室がある。まず、新幹線の駅長室にいき、爆弾を仕かけ、次に、在来線の駅長室にいけ。そこにも、爆弾を仕かけたら、ここに戻ってくるんだ」

京屋一太郎の指示にしたがって、男は、二体の京人形を抱えて、まず、新幹線の駅長室に、向かった。

もちろん誰もいない。

駅長室の奥にある、机の下に、ひとつ目の京人形を置くと、今度は、在来線の駅長室に、向かって走った。

在来線の、駅長室のドアを開けた途端に、警棒が、飛んできた。

悲鳴をあげて、男が、転倒する。

刑事たちが素早く手錠をかけ、口にハンカチを、押しこんだ。

「しばらくは、大人しくしていろ」

刑事のひとりが、いった。

三人目の男は、京屋一太郎の指示にしたがって、二体の京人形を持って、まず、駅の構内にある、レストランに入っていった。

もちろん、客の姿も、従業員の姿もない。

奥にあるトイレに、ひとつ目の京人形を置く。

そして、トイレから出ようとした時に、外にいた、何者かが、ドアを蹴飛ばした。

猛烈な勢いで、硬い木で、作られたトイレのドアが、男の顔に、ぶつかった。

男は、めまいがして、その場に、昏倒した。すぐ二人の刑事が飛びかかっていき、素早く手錠をかけ、口にハンカチを押しこんだ。

四人目の男は、駅の構内にあるホテルに入っていった。

フロントにも、誰もいない。

そこでまず、一体目の京人形を、ロビーのテーブルの下に置いた。

二体目の京人形は、そのホテルのエレベーターに仕かけることになっていた。

エレベーターの前に立ち、ボタンを押す。エレベーターが、あがってくる。

ドアが開く。

男が、乗ろうとした時、すでに、エレベーターのなかにいた二人の男に、襟首を摑まれて、エレベーターのなかに、引きずりこまれてしまった。

声を出す暇もない。

二人の男は、容赦なく、男に向かって、警棒を、振りおろした。

たちまち、男は失神し、エレベーターの床に、倒れてしまう。

二人の刑事は、ハンカチを取り出すと、容赦なく、男の口に、押しこんでいった。

京都駅を、象徴するような、空に向かう階段がある。これも新しい京都駅の売り物だった。

五人目の男は、その階段の二カ所に、京人形を仕かけるようにと、京屋一太郎から、指示されていた。

男は、まずいちばん下の、階段の隅に、京人形を、押しこむようにして置いた。

その後、ゆっくりと階段をあがっていく。

いちばん上までいき、階段の隅に、二体目の京人形を置く。

少しばかり疲れたので、エスカレーターで降りることにした。

しかし、エスカレーターは、止まってしまっている。

「いったい、どうなっているんだ？　なぜ、止まっているんだ？」

ブツブツ文句をいいながら、男は、エスカレーターを、動かすボタンを探した。

やっとボタンが見つかって、屈みこんで、ボタンを押そうとした時、いきなり、背後から、警棒で殴られ、その場で、失神してしまった。

六人目の男は、メンバーのなかで、いちばん年上の、三十六歳の男だった。京屋一太郎の指示も、自然に丁寧な、口調になっている。

「佐々木さんには、一番と二番のナンバーのついた京人形を、お願いします。その順番どおりに、爆発させていきます。たぶん、四、五発で、駅は炎に包まれるでしょう。煙が駅を覆う間に、われわれは、予定どおり、駅から退散します。あとの京人形は、駅から離れた場所から、爆発させることにします。お願いする二体の京人形を、置く場所ですが、なるべく目立ったほうがいいのです。ですから、よく燃える物がある場所で、最初の京人形を爆発させたい。デパートに、仕かけてもらいたいのです。一体目は、そうですね、婦人服売り場が、いちばんいいでしょう。何しろ、燃えやすい物がたくさん、ありますからね。二体目は、雑貨売り場がいいでしょう。時間も決めましょう。今から二十分後に、一番目の京人形を爆発させます。駅が炎に包まれたら、当然、大騒ぎになって、消防車が、何台も駆けつけてくるでしょう。その混乱に乗じて、計画どおり、全員で駅から退去します。あなたも、そうしてください。いいですか、今から二十分後に、一番目の京人形を、爆発させますからね」

そういって、京屋一太郎は、いちばん年長の共犯者を、送り出した。

9

今、京屋一太郎がいるのは、一階にある喫茶ルームである。もちろん、そこにも、誰もいない。

腕時計を、じっと見つめ、二十分が経ったので、京屋一太郎は、携帯を取り出した。

いちばん最初に仕かけた、京人形の携帯の番号を押す。

向こうの携帯が鳴っているのがわかる。

三分で、鳴るのが止まる。

そして、爆発。三分と、鳴る時間を長くしたのは、彼自身が、逃げる時間が必要だったからである。

携帯をかけ終わってから、京屋一太郎は立ちあがり、喫茶ルームを、出ようとして、ドアを押した。

だが、なぜか、ドアが開かない。

京屋一太郎は、狼狽した。

焦って、ドアを叩いたりするのだが、なぜか、びくともしないのだ。

時間が、どんどん、経っていく。

その時、通路に面した窓から、誰かが窓ガラスを割り、何かを、ほうりこんだ。

それを見て、京屋一太郎の顔が、蒼ざめた。

ほうりこまれたのが、自分の作った、京人形だったからである。しかも、背中に「ナンバー1」と書いた紙が、貼りつけてある。

まだその京人形のお腹のなかで、携帯が鳴っている。まもなく、鳴るのが止まるだろう。そうしたら、爆発である。

京屋一太郎は、逃げ出そうとして、もがいた。

ドアに、体当たりする。

しかし、開かない。蹴ったが、駄目だ。

携帯が、鳴りやんだ。

爆発である。

京屋一太郎は、目をつぶった。

体が震えている。

(俺は、こんなことで死ぬのか?)

と、思った時、今までびくともしなかった入口のドアが開いた。

刑事が三人、入ってきた。

「どうだ、少しは怖かったか? あの人形のプラスチック爆弾は、外してあるんだ」

と、刑事のひとりが、いった。

「それでは、人質のいる場所を教えてもらおうか」

と、十津川が、いった。

本書は、双葉社より二〇一三年五月新書判で、一五年三月文庫判で刊行されました。

なお、本作品はフィクションであり、実在の個人・団体などとは一切関係がありません。その他、路線名、駅名、列車名、風景描写などは、初刊時のままにしてあります。

古都千年の殺人

一〇〇字書評

切・り・取・り・線

購買動機（新聞、雑誌名を記入するか、あるいは○をつけてください）

□（　　　　　　　　　　　　　　）の広告を見て	
□（　　　　　　　　　　　　　　）の書評を見て	
□ 知人のすすめで	□ タイトルに惹かれて
□ カバーが良かったから	□ 内容が面白そうだから
□ 好きな作家だから	□ 好きな分野の本だから

・最近、最も感銘を受けた作品名をお書き下さい

・あなたのお好きな作家名をお書き下さい

・その他、ご要望がありましたらお書き下さい

住所	〒				
氏名		職業		年齢	
Eメール	※携帯には配信できません	新刊情報等のメール配信を 希望する・しない			

この本の感想を、編集部までお寄せいただけたらありがたく存じます。今後の企画の参考にさせていただきます。Eメールでも結構です。

いただいた「一〇〇字書評」は、新聞・雑誌等に紹介させていただくことがあります。その場合はお礼として特製図書カードを差し上げます。

前ページの原稿用紙に書評をお書きの上、切り取り、左記までお送り下さい。宛先の住所は不要です。

なお、ご記入いただいたお名前、ご住所等は、書評紹介の事前了解、謝礼のお届けのためだけに利用し、そのほかの目的のために利用することはありません。

〒一〇一-八七〇一
祥伝社文庫編集長　坂口芳和
電話　〇三（三二六五）二〇八〇

祥伝社ホームページの「ブックレビュー」からも、書き込めます。
www.shodensha.co.jp/bookreview

祥伝社文庫

古都千年の殺人

令和 2 年 6 月 20 日　初版第 1 刷発行

著　者　西村京太郎
発行者　辻　浩明
発行所　祥伝社
東京都千代田区神田神保町 3-3
〒 101-8701
電話　03（3265）2081（販売部）
電話　03（3265）2080（編集部）
電話　03（3265）3622（業務部）
www.shodensha.co.jp

印刷所　堀内印刷
製本所　積信堂
カバーフォーマットデザイン　芥　陽子

Printed in Japan ©2020, Kyōtarō Nishimura　ISBN978-4-396-34636-2 C0193

十津川警部、湯河原に事件です

Nishimura Kyotaro Museum
西村京太郎記念館

1階 茶房にしむら

サイン入りカップをお持ち帰りできる
京太郎コーヒーや、ケーキ、軽食がございます。

2階 展示ルーム

見る、聞く、感じるミステリー劇場。
小説を飛び出した三次元の最新作で、
西村京太郎の新たな魅力を徹底解明!!

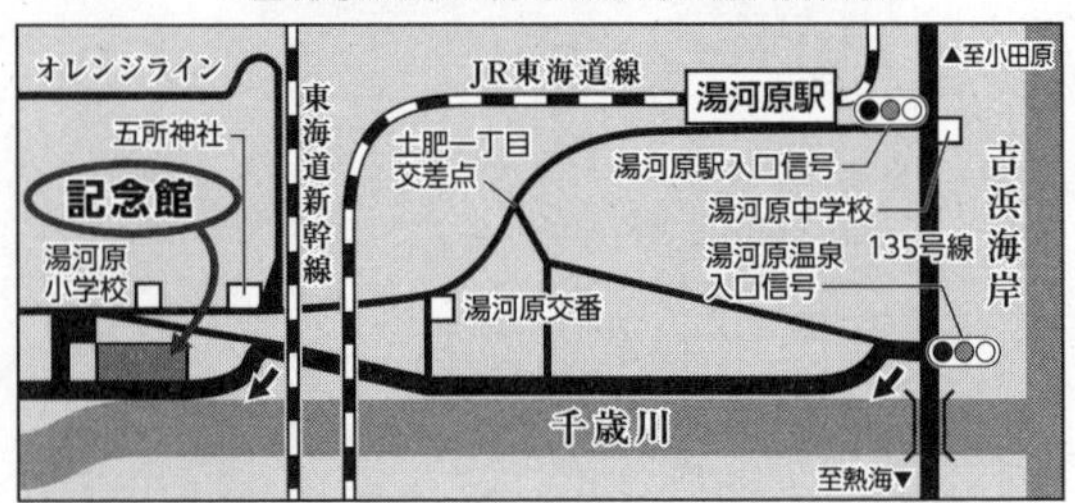

[交通のご案内]

・国道135号線の湯河原温泉入口信号を曲がり千歳川沿いを走っていただき、途中の新幹線の線路下もくぐり抜けて、ひたすら川沿いを走っていただくと右側に記念館が見えます
・湯河原駅よりタクシーではワンメーターです
・湯河原駅改札口すぐ前のバスに乗り［湯河原小学校前］で下車し、川沿いの道路に出たら川を下るように歩いていただくと記念館が見えます

●入館料／840円(大人・飲物付)・310円(中・高・大学生)・100円(小学生)
●開館時間／AM9：00 ～ PM4：00 (見学はPM4：30迄)
●休館日／毎週水曜日・木曜日 (休日となるときはその翌日)

〒259-0314 神奈川県湯河原町宮上42-29
TEL：0465-63-1599 FAX：0465-63-1602

西村京太郎ファンクラブのお知らせ

会員特典（年会費2200円）

◆オリジナル会員証の発行
◆西村京太郎記念館の入場料半額
◆年2回の会報誌の発行（4月・10月発行、情報満載です）
◆抽選・各種イベントへの参加（先生との楽しい企画考案中です）
◆新刊・記念館展示物変更等のハガキでのお知らせ（不定期）
◆他、追加予定!!

入会のご案内

■郵便局に備え付けの郵便振替払込金受領証にて、記入方法を参考にして年会費2200円を振込んで下さい　■受領証は保管して下さい　■会員の登録には振込みから約1ヶ月ほどかかります　■特典等の発送は会員登録完了後になります

［記入方法］**1枚目**は下記のとおりに口座番号、金額、加入者名を記入し、そして、払込人住所氏名欄に、ご自分の住所・氏名・電話番号を記入して下さい

郵便振替払込金受領証　窓口払込専用

口座番号	金額	加入者名	料金（消費税込み）	特殊取扱
00230-8-17343	2200	西村京太郎事務局		

2枚目は払込取扱票の通信欄に下記のように記入して下さい

通信欄
(1) 氏名（フリガナ）
(2) 郵便番号（7ケタ）※必ず7桁でご記入下さい
(3) 住所（フリガナ）※必ず都道府県名からご記入下さい
(4) 生年月日（19××年××月××日）
(5) 年齢　(6) 性別　(7) 電話番号

※なお、申し込みは、郵便振替払込金受領証のみとします。
メール・電話での受付は一切致しません。

■お問い合わせ（西村京太郎記念館事務局）
TEL 0465-63-1599

祥伝社文庫の好評既刊

西村京太郎

萩・津和野・山口 殺人ライン
高杉晋作の幻想

出所した男の手帳には、六人の名前が書かれていた。警戒する捜査陣を嘲笑うように、相次いで殺人事件が！

西村京太郎

十津川警部 七十年後の殺人

二重国籍の老歴史学者。沈黙に秘められた大戦の闇とは？ 時を超え、十津川警部の推理が閃く！

西村京太郎

急行奥只見殺人事件

新潟・浦佐から会津若松への沿線で連続殺人⁉ 十津川警部の前に、地元警察の厚い壁が……。

西村京太郎

私を殺しに来た男

十津川警部が、もっとも苦悩した事件とは？ ミステリー第一人者の多彩な魅力が満載の傑作集！

西村京太郎

十津川警部捜査行 恋と哀しみの北の大地

特急おおぞら、急行宗谷、青函連絡船――白い雪に真っ赤な血……旅情あふれる北海道ミステリー作品集！

西村京太郎

特急街道の殺人

謎の女『ミスＭ』を追え！ 魅惑の特急が行き交った北陸本線。越前と富山高岡を結ぶ秘密！

祥伝社文庫の好評既刊

西村京太郎
十津川警部 絹の遺産と上信(じょうしん)電鉄
西本刑事、世界遺産に死す！　捜査一課の若きエースが背負った秘密とは？　そして、慟哭の捜査の行方は？

西村京太郎
出雲(いずも)　殺意の一畑(いちばた)電車
駅長が、白昼、ホームで射殺される理由——山陰の旅情あふれる小さな私鉄で起きた事件に、十津川警部が挑む！

西村京太郎
十津川警部捜査行 愛と殺意の伊豆踊り子ライン
亀井刑事に殺人容疑⁉　十津川警部の右腕、絶体絶命！　人気観光地を題材にしたミステリー作品集。

西村京太郎
火の国から愛と憎しみをこめて
JR最南端の西大山駅で三田村刑事が狙撃された！　発端は女優殺人事件。十津川警部、最強最大の敵に激突！

西村京太郎
十津川警部 わが愛する犬吠の海
ダイイングメッセージは自分の名前⁉　16年前の卒業旅行で男女4人に何が？　十津川は哀切の真相を追って銚子へ！

西村京太郎
北軽井沢に消えた女
嬬恋(つまごい)とキャベツと死体
キャベツ畑に女の首⁉　被害者宅には別の死体が！　名門リゾート地を騙る謎の開発計画との関係は？